ULRICH ZIMMERMANN

Quo vadis Afrika?

1. Auflage Juli 1989: 1 - 20 000

ISBN: 3 - 924484 - 12 - 0

Titelentwurf und Gestaltung: Hans Koller.

Dokumentation: Bernhard Höpfl.

Redaktion: Ulrike Heidenreich, Manfred Zettler.

Layout: Johann Michl.

Fotos: Ulrich Zimmermann, Robert Marneweck, Jim McLagan, H. Theiss,
amw, ap, dpa, BP.

Herstellung, Druck und Verlag: Neue Presse Verlags-GmbH, Passau.

Umschlag-Fotos:
Frauen des Owahimba-Stammes aus dem Kaokoveld im Nordwesten Namibias und das Denkmal des Reiters von Südwest in Windhuk (Namibia) in der Abend-Dämmerung.

Ulrich Zimmermann

Quo vadis Afrika?

Reportagen aus dem Süden des Schwarzen Kontinents

Neue Presse Verlags-GmbH

INHALTSVERZEICHNIS

Mal ganz abgesehen davon, ob es nun schlicht „Reporter-Glück" — oder aber doch der „besondere Riecher" war, den Journalisten ja so gern für sich in Anspruch nehmen: Tatsache ist jedenfalls, daß Ulrich Zimmermann, Autor der beiden Bestseller „UNVERGESSEN: Franz Josef Strauß — das war sein Leben" (80 000 Exemplare) und „geliebt, verkannt und doch geachtet — Franz Josef Strauß von A bis Z" (200 000 Exemplare) genau an jenem 31. März 1989 in Namibia eintraf, als dort die Hölle losbrach, als die Busch-Savanne im kargen Norden des Landes sich über Nacht in „Killing Fields" verwandelte, als der Tod buchstäblich in wenigen Stunden Dimensionen annahm, wie man sie hier in dieser Heftigkeit seit 23 Jahren nicht mehr gekannt hatte.

Verständlich, daß der Journalist Ulrich Zimmermann sich sofort in das Kampfgebiet durchzuschlagen versuchte, daß ihm das, trotz der zahlreichen militärischen Absperrungen und Kontrollen, in einem kleinen gecharterten Lieferwagen (und auf unsäglichen Neben-„Straßen") auch gelang — und daß er dann das dort Erlebte, das elende Sterben, das Leid der Menschen im Owambo-

ZU DIESEM BUCH:

Heiße Tage im April

Land, mit Kugelschreiber und Kamera festhielt.

Diese Notizen wurden dann zum Grundstock für dieses Buch, denn mehr und mehr stellten sich in den darauffolgenden Tagen die für das südliche Afrika wirklich historischen Ausmaße dieses heißen Aprils 1989 heraus. Die wichtigsten Marksteine dabei:

- Dieser Monat — er sollte doch eigentlich der ehemaligen deutschen Kolonie Südwestafrika, dem heutigen Namibia, die erste Stufe einer friedvollen Unabhängigkeit bringen.

- An diesen Unabhängigkeits-Plan, von Südafrika, Angola und Kuba (und in tatkräftiger Anwesenheit der Großmächte USA und UdSSR) in Genf verbindlich ausgehandelt, war andererseits auch der — von der geschundenen Bevölkerung dringend herbeigesehnte — Befriedungs-Plan für Angola gekoppelt.

- In Südafrika wiederum war man sich klar, daß ein Scheitern des namibischen Unabhängigkeits-Planes — oder gar eine für das Leben der Weißen dort gefährliche Entwicklung — die Apartheid im Burenstaat für viele Jahre festzementieren würde.

- Doch auch für das wirtschaftlich desolate kommunistische Mosambik stand in diesen April-Tagen 1989 viel auf dem Spiel, waren doch gerade intensive Gespräche mit Südafrikas Regierung geführt worden, die schlimme Lage der ehemaligen portugiesischen Kolonie mit Pretorias Hilfe zu verbessern. Das aber konnte nur im Sog einer friedlichen Liberalisierung der Rassenpolitik im Nachbarstaat gelingen.

- Daß überdies noch in diesen so aufregenden April- und Mai-Wochen des Jahres 1989 die Regierung P. W.

Botha — praktisch „auf Raten" — zum Rücktritt gedrängt,

- eine erstaunliche Klimaverbesserung zwischen der Sowjetunion und Südafrika eingeleitet

- und dann am 27. Mai 1989 in Rom von Außenminister „Pik" Botha auch noch ein verblüffend klares Bekenntnis zur Abschaffung der Apartheid abgegeben wurde,

verleiht diesen Wochen, deren Weichenstellungen das weitere Schicksal des südlichen Afrikas maßgeblich beeinflussen werden, nur eine um so größere Bedeutung.

Ulrich Zimmermann, langjähriger Kenner der afrikanischen Problematik, hat in diesen für Namibia, Angola, Südafrika und Mosambik rundherum heißen April-Tagen das südliche Afrika intensiv bereist, hat all die dramatischen Ereignisse analysiert, hat all seine Eindrücke mit großer Präzision festgehalten — und hat vor allem mit ungezählten Menschen aller Hautschattierungen, aller politischen Lager, aller Konfessionen und Organisationen gesprochen, den „Großen" und den „Kleinen", den Konstruktiven und den Destruktiven, den Friedfertigen und jenen mit Haß in den Herzen.

Aus all den Interviews und Reportagen entstand dabei ein ausgewogenes — und wohl gerade wegen der Pluralität der Quellen faszinierend scharfes — Bild des südlichen Afrikas: Momentaufnahmen eines Reporters — schon allein deshalb natürlich ohne jeglichen Anspruch auf Vollständigkeit, sicherlich aber mit vielen Vorurteilen aufräumend.

Deshalb ist es bestimmt auch kein Buch für die bereits engstirnig festgelegten „Beton-Köpfe" auf beiden Seiten der Apartheids-Front. All jenen, denen ein friedlicher Weg Südafrikas in die Freiheit am Herzen liegt, könnte es aber dabei hilfreich sein, das finstere und zutiefst inhumane Kapitel der Rassentrennung — aber auch Chancen und Möglichkeiten, diesen Anachronismus endlich zu überwinden — künftig realistischer zu beurteilen.

Hans Klein und Ulrich Zimmermann auf einer ihrer gemeinsamen Reisen

Daß das Vorwort zu diesem — mit vielen schönen, aber auch erschütternden Farbfotos ausgestatteten — Afrika-Buch Hans Klein geschrieben hat, Bundesminister, Bonner Regierungssprecher und Leiter des Bundespresseamtes, weitgereist, mit den diffizilen Problemen Afrikas engstens vertraut,

und daß die Schlußanalyse von Wilfried Scharnagl stammt, dem Publizisten, der den verstorbenen CSU-Vorsitzenden Franz Josef Strauß auf so vielen Afrika-Reisen begleitet hatte, der sein guter Freund war,

rundet diesen zeitgeschichtlich brisanten Bildband sicherlich noch ganz besonders ab.

Franz Xaver Hirtreiter

Neue Presse Verlags-GmbH,
Passau
Geschäftsführung

VORWORT

QUO VADIS AFRICA? - Wohin gehst Du, Afrika? Wie zutreffend ist diese Frage vor dem Hintergrund dessen, was sich in den letzten Jahren im südlichen Afrika ereignet hat - und noch vollziehen wird!

Ulrich Zimmermann, erfahrener, kenntnisreicher Beobachter und fesselnder Schreiber, schildert in seinen „Reportagen aus dem Süden des Schwarzen Kontinents" - wie der Untertitel dieses Buches lautet - die Entwicklung der ersten Schritte zu einem unabhängigen Namibia. Es sind packende Berichte, Interviews und Fotos eines Reporters vom „heißen April 1989", die alle politischen, historischen, ethnologischen und soziologischen Momente, soweit sie für Namibias Weg in die Unabhängigkeit Bedeutung haben, aufgreifen.

Besonders bemerkenswert sind die Schlußfolgerungen, die der Autor zieht: Für ihn - und auch da stimme ich ihm voll zu - hat ein unabhängiges Namibia, wenn es sich eine demokratische Ordnung zu geben und zu behalten in der Lage ist, erheblichen Einfluß auf seine Nachbarstaaten. Auch auf die Republik Südafrika. Gelingt das friedliche Zusammenleben zwischen den verschiedenen Rassen und Bevölkerungsgruppen in Namibia, wird das die Abschaffung der Apartheid in Südafrika beschleunigen. Mißglückt es, so sind eine Verhärtung der Fronten, weiteres Blutvergießen und wirtschaftlicher Rückschritt im gesamten Süden des Schwarzen Kontinents programmiert. Deshalb muß allen, die Afrika wohlwollen und eine friedliche Entwicklung auch in der Dritten Welt unterstützen, am Gelingen des Projektes Namibia gelegen sein.

Ein unabhängiges, demokratisches Namibia hat alle Chancen, zum Modell eines rasch aufblühenden Entwicklungslandes zu werden. Und wir Deutschen sind, nicht zuletzt wegen unserer historischen Verbindung, bereit, Namibia dabei tatkräftig zu helfen.

Der Veröffentlichung meines Freundes Ulrich Zimmermann wünsche ich - nicht nur unter den Afrika-Interessierten - einen ebenso aufgeschlossenen wie großen Leserkreis.

Bonn, im Juni 1989

Hans Klein
Bundesminister und
Sprecher der Bundesregierung

GEWIDMET

all denen, die mir bei der Erarbeitung dieses Buches auf so mannigfaltige Art geholfen haben, vor allem aber Christian Martin van Niekerk, Jacoba M. Kenny, Dave W. Arlington, Sabille Aston, Dr. Eberhard Bertelsmann, Karl Breyer, Ingo Capraro, Prof. Dr. Piet J. Cillié, Ntobi „Esther" Dlamini, Hans Feddersen, Horst W. Frehse, Ruda Gous, Ewald T. Kanguatjivi, Samuel Kaukungua, Charles Kauraisa, Bärbel Kirchner, Liesel Koch, Johan de Lange, Willie P. N. Lötz, Erich Lübbert, Dr. Jorge Jacinto Monteiro de Salomao, Rev. Johan P. Muller, Lilla du Preez, Neville Riley, Gerhard Roux, Pfarrer Samson Shangheta, Pieter A. Swanepoel, Marie Texeira de Mateka, Tiki, Prof. Dr. Fanuel Tjingaete, Rosa du Toit, Marinus L. te Water Naudé — und besonders der reizenden Mrs. Posthumus in Hermanus, auch, wenn ich mir durchaus bewußt bin, mit meinen dürftigen Bridge-Kenntnissen weit unter ihren Erwartungen geblieben zu sein. *Der Autor*

Das südliche Afrika steht im Brennpunkt dieses Reportagen-Buches über den „heißen April '89". Um die Schauplätze seiner Recherchen möglichst klar zu konturieren, ließ der Autor auf dieser Karte nur jene Stationen hervorheben, an denen seine Reportagen- und Interview-Sammlung entstanden ist.

Zeichnung: Josef Dirndorfer

„Vote freedom - Vote SWAPO“ fordern Anhänger der marxistischen Befreiungsfront. Die SWAPO vertritt die Owambos – also 50 Prozent der Bevölkerung – und trachtete stets danach, am 1. November 1989 die Zweidrittel-Mehrheit zu bekommen, um damit Namibias Staatsform allein bestimmen zu können.

„Von allen Seiten krachten Schüsse — da krallte ich mich in die Erde und betete ...“

I cry for Freedom“, rockt Yvonne Chaka Chaka etwas blechern aus dem einen noch funktionierenden Lautsprecher unseres Lieferwagens. Aber hier, im blutigen rauhen Norden Namibias, in der so karg bewachsenen Busch-Savanne zwischen Oshikango und Ruacana, taumelt dieser „Schrei nach Unabhängigkeit“ der milchkaffeefarbenen Disco-Queen, die zur Zeit im südlichen Afrika die Charts beherrscht, doch etwas verloren durch die Mittagshitze, flattern die Musikfetzen ziemlich fragwürdig hinüber zu dem frischen Massengrab, in dem nur wenige Stunden zuvor die schon halb verwesten Körper von 21 gefallenen SWAPO-Kämpfern ihre letzte Ruhe gefunden haben.

Namibia im April 1989: Wir haben unseren „Pickup“, unseren kleinen japanischen „Isuzu“-Pritschenwagen, im Schatten eines fast drei Meter hohen Dornenbusches geparkt. Wir — das sind der hellbraune Herero Samuel, dem das blaßblaue Auto gehört (er war der einzige, der in der Hauptstadt Windhuk bereit gewesen war, uns die rund 700 Kilometer in „die Hölle des Nordens“ zu kutschieren), dazu Dave, ein amerikanischer Journalist, und ich. Hoch oben im Dornenbusch schmettert ein kecker gelbschnäbliger „Grey Lourie“ sein so typisches „Go away! Go away!“ In der Ferne (wie fern nur?) tackert fast unwirklich eine Maschinenpistole.

Steil steht die Sonne über uns. Mittags um zwölf Uhr ist es hier, im südlichen Spätsommer, sicherlich noch dreißig Grad heiß. Aber die Luft ist trocken, rein — fast spürt man die hohen Temperaturen nicht. Unverkennbar aber liegt der Geruch frischer, gerade austrocknender Erde über dem Land: Das Massengrab . . .

Njinga, ein junger schwarzer Farmarbeiter, Owambo, wie rund die Hälfte aller Namibier, berichtet uns noch immer ganz erregt: Am Wochenende seien plötzlich mehrere Gruppen von SWAPO-Kämpfern im Laufschritt hier aus dem Busch hervorgebrochen. Etwa hundert Mann seien es gewesen, schwer bewaffnet und in Uniformen, die er früher bei der SWAPO noch nie gesehen habe. Plötzlich aber sei die Hölle los gewesen. Die vorwärts stürmenden SWAPO-Kämpfer seien offensichtlich in das Feuer einer südwestafrikanischen Polizeistreife gelaufen. Der Kugelhagel sei schrecklich gewesen, die Guerillas hätten erbittert zurückgeschossen — und er, Njinga, mitten drin.

Der junge Owambo: „Ich habe große Angst gehabt. Ich habe mir nur gedacht, du mußt überleben. Ich habe mich unter einen dichten Busch geworfen, habe mein Gesicht an den Stamm gepreßt, habe mich mit den Händen, soweit das ging, in die Erde eingekrallt und habe nur gezittert: Hoffentlich sieht dich keiner. Hoffentlich erschießt dich keiner . . ."

Und dann kommt etwas für mich Verblüffendes: Njinga beteuert plötzlich ohne Zusammenhang — und seine Stimme überschlägt sich dabei fast —, Christ zu sein, der holländisch-reformierten Kirche anzugehören. Sein Glaube habe ihm in dieser schlimmen Situation geholfen. Njinga: „Ich habe immer wieder gebetet: 'O Lord, ich habe dich lieb. Hab du mich bitte auch lieb.' Der Lord hat mich gerettet, yes, yes . . ." Und ganz breit zieht sich dieses „Yähss" über sein schwarzes, glänzendes Gesicht.

Hier, im dichten Buschwerk des Owambo-Landes, drohte dieser häßliche Krieg um die Macht in Namibia ausgerechnet in jener Stunde zu eskalieren, in der das Land unter UNO-Aufsicht seinen ersten kräftigen Schritt in die Unabhängigkeit machen sollte.

Namibia — das ist Wüste, Savanne, Buschwerk, dreitausend Meter hohe Bergketten mit den bizarrsten Gipfeln,

das ist ein riesengroßer Himmel, der sich schier unendlich über eine der malerischsten Naturlandschaften spannt,

das ist Wasserarmut und ewiges Hoffen auf ein paar Regentropfen außerhalb der Regenzeit,

das ist das Land der Diamanten, des Urans, der riesigen wilden Tierherden, der einsamsten Sandstrände, der verschiedensten ethnologischen Volksgruppierungen.

Namibia ist aber heute auch ein Land des Schreckens, des Leidens, der Angst, des Blutvergießens.

Namibia – nirgendwo außerhalb von Deutschland ist Deutschland deutscher als hier

Namibia, von 1884 bis 1918 das alte „Deutsch-Südwestafrika“: Nirgendwo außerhalb von Deutschland ist Deutschland deutscher als hier. Überall in den Städten und Dörfern deutsche Straßennamen, deutsche Ladenschilder, deutsche Lebensart. Deutsch ist nach Afrikaans (diesem kehligen burischen Holländisch) und Englisch die dritte Amtssprache. Und das ist schon erstaunlich, denn mehr als 70 Jahre ist es ja jetzt bereits her, daß die deutsche Kolonie von südafrikanischen Truppen im 1. Weltkrieg besetzt worden war. In erbitterten Busch-Gefechten hatte Kaiser Wilhelms hoffnungslos unterlegene „Schutztruppe“ gegen den zahlenmäßig übermächtigen Gegner hinhaltend Widerstand geleistet – letzten Endes vergebens: Am 9. Juli 1915 mußte das deutsche Südwest-Corps schließlich kapitulieren.

Aber seltsam: Ihre Militärs hatten zwar kapituliert, doch die Deutschen machten – ihrer Waffen ledig – in den folgenden Jahrzehnten aus Namibia, das sie einst u. a. dem Stamm der Namas weggenommen (und in den Jahren 1903 bis 1906 dann in blutigsten Scharmützeln gegen die aufständischen Hereros, geführt von den hier immer noch legendären Häuptlingen Maharero und Witbooi, verteidigt) hatten, ein relativ friedliches, sauberes Musterland, in dem nun viele Völker – Owambos, Hereros, Owahimbas, Damaras, Namas (oder Hottentotten), Tswanas, Kawangos, Buschmänner, Caprivianer (sechs kleinere Stämme, nach dem ehemaligen kaiserlich-deutschen Reichskanzler Graf Leo von Caprivi, dem Nachfolger Bismarcks, benannt), Basters (Mischlinge aus den Verbindungen von Weißen mit Hottentotten), „Kleurlinge“ (generell: Mischlinge), die (aus Sicht der Eingeborenen hier) „zahlreichen Stämme“ der Europäer und die neuen Herren, die Buren aus Südafrika – in einer doch recht friedfertigen Atmosphäre und gebietsweise sogar in einem gewissen Wohlstand miteinander lebten.

Die Herren aber, wie gesagt, das waren die Südafrikaner, unter deren Verwaltung der Völkerbund, Vorläufer der UNO, das Land 1919 stellte. Und die Macht im Südwesten verkörperte nun der südafrikanische General-Administrator, hier nur der „G. A.“ genannt.

Seit dem 1. April 1989 aber muß der „G. A.“ Louis Pienaar jetzt seine Macht mit einem anderen Mann teilen: Mit dem finnischen UN-Beauftragten Martti Ahtisaari. Dessen UN-Überwachungstruppe – UNTAG genannt und aus aller Welt zusammengewürfelt – soll nun die Voraussetzung dafür schaffen, daß am 1. November des gleichen Jahres noch die Bevölkerung von Namibia in freien demokratischen Wahlen ihren weiteren Weg, ihre Staatsform, ihr Schicksal, selbst bestimmen kann.

Doch in der Hauptstadt Windhuk, dort, wo der Wahlkampf schon jetzt am heftigsten tobt, wurde mir wenige Tage zuvor – von irgendeiner der vielen kandidierenden Splitterparteien – ein Flugblatt in die Hand gedrückt, dessen Überschrift heute wohl symbolisch für den ganzen südlichen Kontinent ist: „Quo vadis, Africa?" In der Tat: Wohin gehst Du, Afrika?

Denn: Sollte die mächtige sozialistische SWAPO bei den anstehenden Wahlen am 1. November eine Zweidrittel-Mehrheit bekommen, könnte sie allein auf der dann anstehenden verfassungsgebenden Versammlung die künftige Staatsform bestimmen. Das aber könnte bedeuten: Sozialisierung des gesamten privaten Landbesitzes (vor allem die schwer schuftenden deutschen Farmer stünden plötzlich – nach häufig bis zu vier „Südwester"-Generationen – vor dem Nichts) und die Nationalisierung aller Wirtschaftsbetriebe (doch marxistischer Dirigismus, egal, in welcher Spielart, hat auch in Afrika noch nie funktioniert – weder in Angola noch in Mosambik oder Tansania, weder in Äthiopien noch in Simbabwe oder gar in Sambia).

Die Folgen?

Der deutliche und unstrittige Liberalisierungsprozeß im benachbarten Südafrika würde wohl vor diesem, die meisten Weißen sicherlich verschreckenden, namibischen Beispiel einen harten Rückschlag erleiden,

viele Buren-Politiker würden sich wieder in die – sie vermeintlich schützende – Wagenburg zurückziehen,

die farbige Opposition würde – nach Monaten eines gewissen Sich-aufeinander-zu-Bewegens – sicherlich wieder mehr und mehr ihre Aktionen in den Terror-Bereich verlagern,

die Gefahr, daß Südafrika doch noch in einem Strudel von Bomben, Blut, Tod, Tränen und Scherben versinkt, würde wieder festere Konturen annehmen.

Indes – alle ernstzunehmenden Wirtschaftsexperten sind sich heute so ziemlich darin einig: Ein derartiger Kollaps Südafrikas würde nicht nur den Buren-Staat – er würde das gesamte

Nach neunstündigem Einsatz gegen die SWAPO: Eine der gemischtrassigen südwestafrikanischen Polizei-Einheiten am 1. April '89 bei der ersten Einsatz-Pause.

Von freiwilligen Helfern beerdigt: In diesem Massengrab fanden 21 SWAPO-Kämpfer ihre letzte Ruhe, die beim militärischen Einfall der PLAN-Einheiten in den Norden Namibias von einer südwest-afrikanischen Polizei-Einheit Anfang April erschossen worden waren.

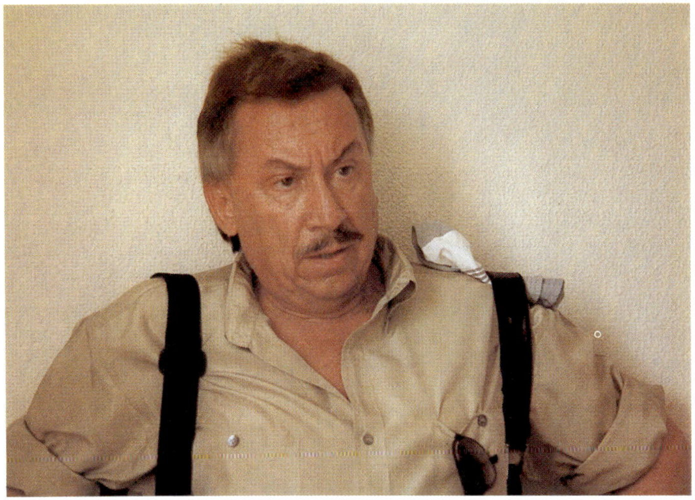

Gemeinsam mit einem amerikanischen Kollegen und bepackt mit Kameras gelangte Autor Ulrich Zimmermann in einem „Pickup“-Kleinlastwagen — auf holperigen Busch-Pfaden die zahlreichen militärischen Straßensperren umfahrend — in das von dem SWAPO-Einfall betroffene Kampfgebiet im Norden Namibias.

Südafrikas motorisiertes „Infanterie-Bataillon 201“ überquert am 31. März 1989 planmäßig die angolanisch-namibische Grenze. „Für das Überleben unserer Buschmänner“ haben die — diesem neuen Frieden skeptisch gegenüberstehenden — Landser sarkastisch an ihre Fahrzeuge geschrieben. Wenige Stunden später bricht an diesem Grenzabschnitt die Hölle los . . .

Owambo-Frauen vor den Trümmern ihres Hauses bei Endola. Bei der Verfolgung von SWAPO-Guerillas haben es Südwest-Polizisten zusammengeschossen.

südliche Afrika, würde Schwarz und Weiß, Braun und Gelb südlich des Äquators für wohl wenigstens 50 Jahre in Kummer und Not, Armut und Bedeutungslosigkeit reißen.

Natürlich will die SWAPO hier in Namibia die absolute Macht. Darum hat sie jetzt auch — allen UNO-Vereinbarungen zum Trotz — ihre schwerbewaffneten Kämpfer in den Norden des Landes einsickern lassen, teilweise sogar in Uniformen aus Kenia und Angola. Ihr Auftrag: Überall im Land bewaffnete Camps zu errichten. Ihr offensichtliches Ziel: Die Wahlen durch Einschüchterung maßgeblich zu beeinflussen.

Reguläre südafrikanische Truppen und Südwest-Polizeieinheiten haben diesen SWAPO-Plan mit Waffengewalt durchkreuzt und die — praktisch ohnmächtige — UNTAG hat dazu sogar zähneknirschend ihren „Segen" gegeben.

Das Ergebnis dieses neuen schmutzigen Krieges, der von beiden Seiten mit unerbittlicher Härte geführt wird, ist grauenvoll: An die 340 Menschen, junge Männer zumeist, die ihr ganzes Leben ja noch vor sich hatten, sind in dieser jetzt so friedlich vor uns liegenden Busch-Savanne bereits verblutet. Und 21 von ihnen liegen hier nun vor uns in diesem tristen Massengrab.

„Go away! Go away!" ruft über uns im Dornenbusch der graue Vogel immer noch. Doch nicht nur er will uns offenkundig von hier verscheuchen. Auch den Militärs sind wir beiden Journalisten im Kriegsgebiet ein Greuel. Rund alle 20 Kilometer wurde unser „Pickup" von Militärstreifen angehalten. Verständnislose Militär-Gesichter:

„Wo kommen Sie denn her?!" schnauzt der rothaarige, rotgesichtige, rotbärtige Constabler wenige Kilometer nordwestlich von Oshakati von seinem riesigen gepanzerten Casspir-Kampfwagen zu uns hinunter. Das mit Namibia-Polizisten überfüllte Fahrzeug hat unseren „Pickup" einfach von der Straße abgedrängt. Als sich der dadurch aufgewirbelte Staub ein bißchen verzogen hat, sehe ich, daß unser Roter auch noch rote Augen hat: Fehlender Schlaf, seit vier Tagen Dauereinsatz hier im Busch — der Mann ist übermüdet und entsprechend gereizt.

Aber der lange Dave, mein amerikanischer Kollege, bleibt ganz cool und federt — als Antwort — seinen linken Daumen nur zweimal kurz über die Schulter nach hinten: in jene Richtung, aus der wir kurz zuvor gekommen waren.

Das aber genügt dem Constabler nicht. Sein Gesicht wird noch um eine Nuance roter, seine Stimme dabei noch lauter: „You've got any clearance?!“ fordert er mit polterndem Zweifel unsere „amtliche Genehmigung“ an, uns hier im Kriegsgebiet überhaupt herumtreiben zu dürfen.

Doch dem Manne kann geholfen werden: In Windhuk, im alten deutschen „Tinten- Palast“ (die von der Bürokratie noch völlig unbeleckten Eingeborenen hatten die von den Deutschen gebaute „Formular-Hochburg“ einst staunend so getauft), in dem bisher Namibias südafrikanisch ausgerichtete „Abteilung für Auslandsbeziehungen“ residierte, hatte ich mir noch am 31. März — also dem letzten Tag ausschließlicher südafrikanischer Macht in Namibia — einen namibischen Presseausweis ausstellen lassen, witzigerweise mit einer Laufzeit bis 1990, einem Zeitpunkt also, zu dem das Land dann wohl schon längst seine eigenen Gesetzmäßigkeiten haben wird.

Und auch diesmal leistet uns das kleine, in Plastikfolie eingeschweißte Kärtchen wieder wertvolle Dienste: Constabler Rotkopf dreht sofort seine Lautstärke um etliche Stufen herunter, meint dann aber, daß er uns heute nicht weiterfahren lassen könne. „Zu gefährlich“, bescheidet er uns, „rund 50 PLANs sind hier eingesickert. Darum müssen Sie leider umkehren. Am besten, Sie versuchen, in Oshakati zu übernachten.“

PLAN — das ist die „People's Liberation Army of Namibia“, die ihre Operations- Basen nördlich der nahen Grenze in Angola hat. Die Tage zuvor haben die namibischen Polizei-Einheiten und die zur Hilfe gerufenen südafrikanischen Kampfverbände feststellen müssen, daß die über die Grenze in kleinen taktischen Gruppen eindringenden PLAN-Kämpfer bis zu den Zähnen bewaffnet waren: Mit großen Mengen automatischer Waffen, AK-47-Sturmgewehren, MG's, RPG-7-Raketenwerfern und sogar mit russischen SAM-7-Boden-Luft-Raketen.

Und plötzlich ganz in der Nähe Schüsse: Kurze knatternde Salven aus Maschinenpistolen. „Don't worry 'bout it“, beruhigt uns vorsorglich einer der Polizisten, „haben Sie deshalb keine Sorgen — unsere Leute schießen nur ihre neuen

Waffen ein." Dennoch klirrt aus dem Sprechfunkgerät unseres roten Constablers jetzt eine aufgeregte Stimme, offenkundig ein vorgeschobener Posten: „Ich glaube, man schießt auf uns!"

Nun folgt ein kurzer, nervös wirkender — aber von uns leider akustisch nicht ausreichend zu verfolgender — Wortwechsel (Mister Rotkopf hat sich nämlich abgedreht und ist mit seinem Gerät ein paar Schritte zur Seite gegangen). Dennoch kann ich dabei deutlich das Wort „Bakkie" verstehen. „Bakkie" werden hier kleine Autos genannt: Ist der Posten vielleicht aus einem Kleinwagen beschossen worden?

Aber die Stimmung ist jetzt nervös, die Unterhaltung beendet, die Soldaten klettern wieder in ihr gepanzertes Ungetüm, das sich nun rückwärts quer über die Straße schiebt.

Diese Sperre aber ist von uns nicht zu überwinden, und so wenden wir unseren Pickup und fahren zurück nach Oshakati, wo wir in dem — mit Journalisten und den ersten UNTAG-Offizieren überfüllten — „Internationalen Gästehaus" von Franz, einem Deutschen, mit Mühe, Not und der Beschwörungsformel, daß wir Deutschen in der Fremde ganz besonders zusammenhalten müßten, uns letztlich doch noch Betten ergattern können.

Rund zwei Wochen nach unserer Fahrt durch das namibische Kriegsgebiet dann die erste wirklich umfassende April-Bilanz der Gefechte — eine erschütternde Dokumentation des Schreckens, des Sterbens, der Sinnlosigkeit: 1 600 PLAN-Kämpfer waren, von Angola kommend, in Namibia eingedrungen. In den darauffolgenden Kampfhandlungen fielen 312 von ihnen, 32 gerieten in Gefangenschaft, rund 400 zogen sich wieder nach Angola zurück, nur 27 folgten dem UNTAG-Aufruf, sich in den von der UN kontrollierten Sammellagern zu melden.

Rund 400 der schwerbewaffneten Guerillas aber befanden sich Anfang Mai 1989 ganz offenkundig noch immer im Land. Und: Sie haben hier im Owambo-Land nachweislich geheime Waffen- und Munitionslager angelegt — ein Sprengsatz, der den ganzen Friedensprozeß in Namibia zerfetzen könnte. Denn auf der Namibia-Konferenz Mitte April in Kapstadt, wo sich die Vertreter Südafrikas, Angolas und Kubas turnusmäßig getroffen hatten, wurde von Südafrika verkündet, daß es 4 500 Soldaten in Namibia mobilisieren werde, wenn sich die SWAPO-Kämpfer nicht freiwillig aus dem Lande zurückziehen würden. Ohne einen völligen Abzug, so Pretoria, würde der Unabhängigkeits-Prozeß in Namibia sicherlich nicht planmäßig ablaufen können.

Südafrika und die namibischen Polizeikräfte haben übrigens insgesamt 27 Tote und etwa 100 Verwundete zu beklagen.

Auch für die Blau-Mützen in der Windhuker UNTAG-Verwaltung steht jedenfalls heute fest, daß das neue große Sterben nur dadurch ausgelöst wurde, weil die SWAPO gegen alle Absprachen mit dem Einsickern ihrer schwerbewaffneten Kampfverbände die Wähler in Namibia unter Druck setzen wollte. Freilich: Wenn man einen der UN-Männer mit dieser Erkenntnis zitieren will, winkt er — wie auch seine Kameraden — schnell ab . . .

Die UNTAG aber kann in die Friedenssicherung selbst kaum eingreifen. Der Befehlshaber der südafrikanischen Truppen in Oshakati, General Dreyer, klagte mir gegenüber jedenfalls in diesen schlimmen April-Tagen 1989: „Die UNTAG hat hier auf einer Einfallslinie von fast 400 Kilometern schwer zu kontrollierender Busch-Savanne ganze 138 Blauhelme aus Großbritannien und Australien postiert. Diese UN-Soldaten, die ja ohnehin nur einen Beobachter-Status haben, trauen sich zudem kaum, den Umkreis von Oshikango zu verlassen. Kein Wunder: Die Gegend ist dort von der SWAPO fast lückenlos vermint worden. Die UNTAG-Soldaten aber haben ja gar nicht das Gerät, um erfolgreich Minen aufspüren zu können." General Dreyer sauer: „Ohne unsere Hilfe müßten die doch vermutlich bei den Eingeborenen sogar um etwas Reis betteln . . . "

Der erfahrene Trooper schüttelt verständnislos den Kopf: „Ich habe den militärischen Befehlshaber der UNTAG-Truppe, den indischen UN-General Prem Chand, mehrfach und dringend gebeten, doch mal von Windhuk nach Oshakati zu kommen, um sich hier selbst ein Bild von der wirklich explosiven — und auch für seine Blauhelme nicht ungefährlichen — Lage zu machen. Doch der hat mir nicht einmal geantwortet."

Owambos gegen Owambos: Auf der Suche nach „infiltrierten“ SWAPO-Kämpfern befragt eine Patrouille der Südwest-Polizei Dorfbewohner im Owamboland.

Die „Picknick-Idylle“ täuscht: Diese Familie hat bei den Kämpfen ihr Haus verloren, hat nur das Leben gerettet, als Südwest-Polizisten ihr Dorf stürmten.

Ohne Erfahrung in das Krisengebiet verlegt: Ein südafrikanischer Spezialist (links) erklärt zwei australischen UNTAG-Soldaten das Entschärfen von Minen.

Mißtrauen, ja Feindseligkeit herrscht hier im Owambo-Land, im hohen Norden Namibias, zwischen der Zivilbevölkerung und den Militärs. Kein Wunder . . .

Warum aber ist der militärische Einfall der PLAN-Einheiten so schnell und so blutig gescheitert? Die Antwort ist recht einfach — politisch aber doch von so beachtlicher Brisanz, daß auch in den militärischen Kreisen Südafrikas nur hinter vorgehaltener Hand darüber gesprochen wird.

Denn: Nordöstlich von Namibia, im Südosten Angolas, operiert noch immer eine Armee, über die man weder in Washington noch in Pretoria gern spricht, die aber von beiden Ländern reichlich mit Geld und Kriegsmaterial ausgerüstet wird: die prowestlichen UNITA-Kampfverbände des Dr. Jonas Savimbi. Der „Präsident des freien Angola" hat seine Elite-Truppe, die „Special-Forces", an die Grenze geschickt, befehligt von dem dort berühmt-berüchtigten „Busch-General" Demostenes Amos Chilingutila, der eine Operationslinie von Camp Omega über Cuangar bis hin zum angolanisch-namibischen „Grenzstein 130" militärisch beherrscht.

Als sich nun Ende März 1989 die PLAN-Verbände des SWAPO-Chefs Sam Nujoma in angolanischen Lagern zu ihrer Namibia- Aktion sammelten, stießen die „Special- Forces" des Generals Demostenes immer wieder überfallartig auf die SWAPO-Camps vor.

Folge: Die PLAN-Verbände brachen überhastet — und teilweise sogar ohne die vorgesehene Ausrüstung — nach Namibia auf, und die Angolaner und Kubaner wurden von General Demostenes so intensiv in viele kleine Busch-Gefechte verwickelt, daß sie die SWAPO nicht in der vorgesehenen Form unterstützen konnten.

Auf namibischer Seite prallten die PLAN-Gruppen nun auf die mit UN-Genehmigung wieder mobilisierten Soldaten des hier legendären südafrikanischen Infanterie-Bataillons 101, des „Buffalo-Bataillons", das von dem gefürchteten „Guerilla-Jäger" Oberst Ferrara kommandiert wird. Der Oberst ist — wie viele seiner schwarzen Soldaten — eigentlich ein Angolaner, gehörte einst der (inzwischen aufgelösten) antimarxistischen angolanischen Befreiungsorganisation FNLA an, kennt das Terrain wie seine Hosentasche — und bringt dabei auch seine beträchtlichen Erfahrungen aus dem angolanischen Bürgerkrieg mit ein.

Der Kampf um Cuito — eine der grausamsten Schlachten dieses so schrecklichen Krieges

Vierzehn Monate zuvor hatte ich drüben in Angola die Gelegenheit gehabt, diesen Bürgerkrieg, den man heute sicherlich zu den blutigsten Tragödien des vergangenen Jahrzehnts rechnen muß, hautnah mitzuerleben: Den Kampf zwischen den marxistischen angolanischen Regierungstruppen des Präsidenten Edoardo dos Santos (sowie seiner Verbündeten aus dem sozialistischen Lager) und vor allem den Kämpfern der prowestlichen angolanischen Befreiungsarmee UNITA des Dr. Jonas Savimbi.

Eine der grausamsten Schlachten dieses von beiden Seiten mit so unerbittlicher Härte geführten Krieges tobte in jenen Januar-Tagen des Jahres 1988 im Südosten des Landes um die von Regierungstruppen verteidigte angolanische Provinzhauptstadt Cuito Cuanavale.

Schon Wochen zuvor hatte mir übrigens Bayerns Ministerpräsident Franz Josef Strauß, weltweit sicherlich einer der profundesten Kenner der Situation im südlichen Afrika, prophezeit: „Dieser Krieg ist von keiner Seite mehr militärisch zu gewinnen. Es muß zu Verhandlungen kommen — und es wird zu Verhandlungen kommen. Dabei wird es aber nicht nur um die Zukunft Angolas, sondern vor allem auch um die Zukunft Namibias gehen.“

Wie recht er doch hatte: Alles kam dann nach Jahresfrist genau so, wie von Strauß vorausgesehen . . .

Doch zurück zu dieser schrecklichen Schlacht um Cuito Cuanavale im Januar 1988: Mit einem Buschflieger und auf einem von den UNITA-Kämpfern erbeuteten kubanischen Militär-Lkw war es mir damals mit einer Handvoll Kollegen gelungen, bis zu Savimbis Hauptquartier Jamba vorzudringen.

Kubanische MIGs! Ein recht abenteuerlicher Flug in Baumwipfel-Höhe über die Grenze

In meinem Reporter-Tagebuch hatte ich das Erlebte seinerzeit wie folgt festgehalten:

Frühmorgens ist's, vier Uhr, praktisch noch nachts. Flimmernd wölbt sich Afrikas unvergleichlicher Sternenhimmel über den immer noch an ein deutsches Städtchen erinnernden Dächern der namibischen Metropole Windhuk. Aus dem tiefschwarzen Horizont, dort, wo am Tag steil die Berge über der Skyline stehen, weht eine kühle Brise zu uns hinunter, läßt uns — wegen der tags zu erwartenden Tropenhitze ja nur im leichten „Busch-Dress" — heftig frösteln.

Der kleine graue Bus hält, geräuschlos und zuerst fast unbemerkt, an dem vereinbarten Treffpunkt vor unserem Hotel. Schweigend öffnet der Fahrer die Tür, schweigend läßt er uns — eine Handvoll internationaler Journalisten — hinein, schweigend geht's dann durch die nächtliche Stadt. Schließlich halten wir vor einem flachen, unbeleuchteten Gebäude.

Im Gänsemarsch stolpern wir durch die dunkle Glastüre, durch eine finstere Halle — und hinten wieder hinaus: Eine große Wiese? Ein Fußballfeld? Nein — ein kleiner Flugplatz. Schwarz ragt plötzlich die Silhouette einer uralten zweimotorigen „DC 3" vor uns auf. Aus dem Innern der unbeleuchteten Maschine ziehen uns helfende Hände in den Flugzeugrumpf.

Dunkel, leise, sehr diskret — so beginnt hier im südlichen Afrika, wo vieles nur illegal abläuft, und das Illegale in erschreckend vielen Bereichen zur Norm geworden ist, so manche Aktion. Genaugenommen auch unsere. Das Angebot hieß: Flug an die angolanische Front, Besuch des geheimen militärischen Hauptquartiers der UNITA — und dort ein Gespräch mit UNITA-Chef Dr. Savimbi.

Nach drei Stunden über der jetzt in der Morgensonne liegenden Steppe Namibias, der alten deutschen Kolonie Südwestafrika, zwingt der Pilot die Maschine ruckartig steil nach unten, fängt sie nach rund vier Minuten wieder ab, fliegt jetzt nur noch in gefährlich wirkender Baumwipfelhöhe: Wir haben am sogenannten „Caprivi-Zipfel" die Grenze nach Angola überflogen, tauchen jetzt unter den Radarschirm: Kubanische MIG-Düsenjäger haben hier schließlich die Lufthoheit . . .

Plötzlich zerteilt ein langgezogenes Lehmband das unendlich wirkende Grün unter uns: eine Landebahn. Unerwartet weich setzt der Busch-Pilot seinen guten alten Vogel auf, blubbernd drehen die Propeller aus. Die grelle Sonne Afrikas dringt auf einmal durch die aufgerissene Luke, blendet uns. Fremdartige Kommandos sind zu hören. Von allen Seiten laufen jetzt grüngekleidete schwarze Soldaten, ihre sowjetischen Kalaschnikow-Maschinenpistolen im Anschlag, auf das Flugzeug zu. Wir springen hinunter auf die hochstaubende Piste. Jung sehen sie aus, diese Krieger, so zwischen 17 und 20. Sind es aber auch die, denen unser Besuch gilt? Oder sind es gar Regierungssoldaten?

Der Anführer erkennt wohl den Zweifel in unseren Gesichtern, grinst im breiten gutturalen Englisch: „You're right." Und: „Welcome in the 'Free Angola'!" Dann kommen sie alle zu uns heran, jeder gibt brav die Hand. Anschließend brummen zwei Lkw über die Piste auf uns zu. Es sind Beute-Lastwagen brasilianischer Bauart. Überall sind große Einschußlöcher.

An der dunklen linken Schläfe des Leutnants leuchtet hell eine zwei Zentimeter breite Narbe. Eine Kriegsverletzung? „O ja", sagt der Leutnant fröhlich, „aber wir haben die Schlacht gewonnen."

Dann, nach anderthalb Stunden bandscheibenfeindlicher Wahnsinns-Fahrt über Stock, Stein, ausgetrocknete Flußbette, Erdlöcher, Baumäste (und manchmal, quasi als „Erholung", auch mal ein paar Kilometer über einen Trampelpfad), das alles auf der Ladefläche des Trucks stehend — endlich eine Lichtung, Trommeln, Tanzgruppen, die sich in schnellen Rhythmen wiegen, die Männer im uniformen Grün, die Mädchen in rosa Baumwollkleidern, wild und gellend ihr Sprechgesang, einfach der Refrain: „Savimbi is the way, Savimbi is the way, Savimbi is the way, heyo!"

Ihr Weg, ihr Idol, ihr Vorbild, ihr allmächtiger Herrscher, Führer, Häuptling, ist Dr. Jonas Savimbi, für die marxistische Regierung von Edoardo dos Santos in der Hauptstadt Luanda schlicht ein Rebell, für die singenden und tanzenden Leute hier aber Präsident der UNITA, der „Befreiungsbewegung", die gegen ein marxistisches Angola kämpft. Beide Seiten haben in diesem Bürgerkrieg mächtige Verbündete:

- Die MPLA-Regierung von dos Santos hat — auf sowjetische Vermittlung hin — kubanische Truppen ins Land geholt. Bei der blutigen Schlacht um die strategisch wichtige Provinzstadt Cuito Cuanavale, von der aus man das Überqueren des Lomba-Flusses kontrollieren kann, hatte die 50. kubanische Infanterie-Division un-

Links: Eine gepanzerte Einheit der südwestafrikanischen Polizei auf einer Erkundungs-Fahrt im Norden Namibias. Die Polizisten sind mit „Eland"-Panzerspähwagen ausgerüstet.

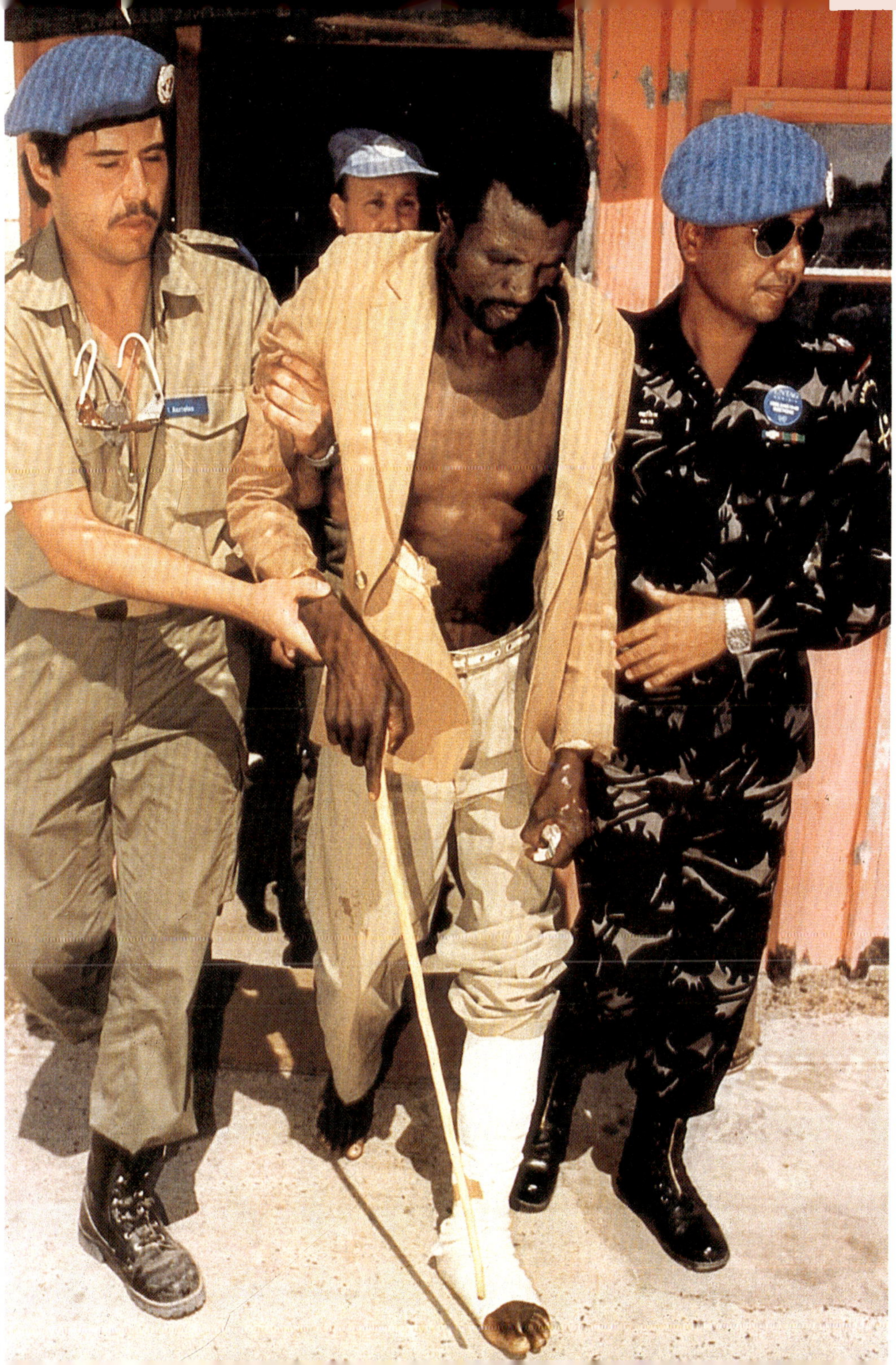

Nur insgesamt drei verwundete SWAPO-Kämpfer stellten sich im Owambo-Land den UNTAG-Soldaten. Ein von einem Streifschuß am Bein verletzter Guerilla läßt sich hier von zwei UN-„Blaumützen" aus Malaysia in das als Sammelstelle vorgesehene Lazarett von Oshakati bringen.

Einheiten der südwestafrikanischen Polizei durchstreifen auf der Suche nach versteckten SWAPO-Guerillas die Busch-Savanne (Foto links) und kontrollieren alle Privatfahrzeuge (Foto oben).

Auch südafrikanische Einheiten wurden nach dem Einfall bewaffneter SWAPO-Kämpfer zur Unterstützung der namibischen Polizei wieder mobilisiert. Hier das Infanterie-Bataillon „701".

Nach einer 60stündigen Feuerpause, die den eingedrungenen SWAPO-Kämpfern einen freien Abzug ermöglichen sollte, rüsten sich hier südafrikanische Soldaten für ihren nächsten Einsatz.

Die „Jugend-Liga“ der SWAPO unter ihrer blau-rot-grünen Fahne bei einer Demonstration in der Windhuker Farbigen-Vorstadt Katatura. Die SWAPO hat ihre Anhänger vor allem unter den Owambos, die mit rund 50 Prozent den weitaus größten Teil der Bevölkerung Namibias stellen. Das Problem dabei: Diese 50 Prozent leben in diesem riesigen Land fast ausschließlich im äußersten Norden, im relativ fruchtbaren Owambo-Land, die anderen Stämme — wie z. B. die Hereros — in den Zentral- sowie den südlicheren Regionen dieses von den Deutschen einst fast mit dem Lineal geschaffenen künstlichen Staates. Owambos und Hereros aber stehen sich in traditioneller Feindschaft gegenüber. Jetzt fragen sich viele Hereros: „Warum sollen wir künftig in einem Owambo-Staat leben? Nur, weil die UNO das jetzt so will? Die Owambos hatten hier bei uns noch nie etwas zu suchen . . .“

Das ist sie, die legendäre Befreiungsarmee des angolanischen UNITA-Führers Dr. Jonas Savimbi und seines „Busch-Generals“ Demostenes Amos Chilingutila.

ter General Arnalda Ochoa Sanchez in die Kämpfe eingegriffen, unterstützt von zwei mit sowjetischen T-54- und T-55-Panzern ausgerüsteten Panzerbataillonen. Erstaunlich dabei ist wohl, daß die Kubaner gegen Savimbis Buschkrieger den kürzeren zogen.

- Außer den Kubanern hat dos Santos aber auch sowjetische, ostdeutsche, tschechische und nordkoreanische Militärberater ins Land geholt, nach Meinung internationaler Militärexperten insgesamt an die 7 000 Mann.

- Neben den Sowjet-Panzern vom Typ T-54 und T-55 verfügt die Santos-Armee über Flugzeuge der Typen MIG-23 und SU-22, über Moskauer Boden-Luft-Raketen der verschiedenen „SAM"-Systeme, über D-30-Artillerie, B-21-Raketenwerfer, Flugabwehr-Systeme sowie die verschiedensten gepanzerten Fahrzeugtypen (u. a. der Serien BTR und BRDM). Alles hochklassiges sowjetisches Rüstungsgut.

- Insgesamt hat dos Santos in seiner MPLA-Armee zur Zeit 60 000 Mann unter Waffen.

Aber auch Savimbi wird kräftig unterstützt:

- Aus den USA bezieht er die gefürchteten Stinger-Raketen (die offensichtlich mit großem Erfolg gegen Kubas Luftarmada eingesetzt werden) sowie modernstes Infanteriegerät.

- Die südafrikanische Armee hat vor allem mit Artillerie- und Flugabwehr-Einheiten, ausgerüstet mit 20-mm- und 35-mm-Flakgeschützen, in die Kämpfe um Cuito eingegriffen. An einzelnen „Grenzaktionen" waren punktuell auch die motorisierten Infanterie-Bataillone „101" (das „Buffalo- Bataillon") und „701" beteiligt.

Ein Guerilla-Mädchen hier im Busch fragt mich: „Was für Röcke trägt man jetzt in Paris?"

Doch davon ist heute, im Tanzreigen der UNITA-Trommler hier im Busch, in Jamba, im Hauptquartier Savimbis, unweit von Cuito, nichts zu spüren. „Savimbi is the way!" jubeln sie immer noch. Und dann Aufregung: Ein Konvoi von vier, fünf Jeeps braust staubend auf den Hauptplatz. Vorn ein olivfarbener Nissan. Und ihm entsteigt — unter dem frenetischen Jubel seiner Anhänger und flankiert von zwei weiblichen Adjutanten in getigertem Kampfdreß — Dr. Jonas Savimbi, breit, etwa 1,80 Meter groß, muskulös, eine riesige platte Nase im schwarzglänzenden Gesicht.

Er zieht nun sein rotes Fallschirmjäger-Barett auf der rechten Seite seines mächtigen Schädels etwas nach unten, zupft erst an seiner Kampfbluse, dann an seinen zwei breiten Ledergürteln, überprüft nochmal den Sitz seines 45er-Revolvers „Smith & Wesson" mit den silbernen Griffschalen, stapft jetzt die paar Schritte auf uns zu, legt lässig zwei Finger seiner rechten Hand grüßend an die Mütze, bleibt vor uns stehen.

Urplötzlich schnellt jetzt seine mächtige Pranke vor, quetscht dem Kollegen links von mir die Hand, dann mir, dann den anderen unserer kleinen Journalisten-Gruppe. Breit verzieht sich sein Gesicht zu einem gewinnenden Grinsen: Herzlichkeit ist angesagt. „Ich sehe Sie sicherlich nachher auf meiner internationalen Pressekonferenz", sagt er auf englisch — und man sieht ihm irgendwie an, daß er auf diesen betont beiläufigen Satz recht stolz ist. Auch ein bißchen Operette mischt sich hier wohl in die Bongo-Rhythmen Afrikas . . .

Savimbis Stimme ist dabei überraschend weich und ziemlich hoch — höher als man das bei einem derartig massigen Kerl eigentlich erwartet hätte.

Mit einer erneuten lässigen Grußbewegung an sein rotes Barett dreht er sich nun auf seinen — auf Hochglanz polierten — Fallschirmjäger-Stiefeln zackig um und wuchtet sich mit mächtigen Schritten auf den Eingang einer, durch Büsche getarnten und grün angestrichenen, Baracke zu. Fidel Castros MIG-Kampfflugzeuge, mit denen man in diesem dreckigen Krieg ja immer und überall rechnen muß, hätten es sicherlich schwer, die Baracke hier auf der Erde auszumachen.

Nun umringen uns Savimbis Gardisten. Einige uniformierte Mädchen sind darunter. Auffällig viele von ihnen tragen Brillen. Erst später erfahre ich: Etliche dieser jungen Leute sind Studenten, die ihre Uni hier mit der UNITA vertauscht haben.

Die meisten von ihnen sprechen ein gepflegtes Französisch. Und natürlich Portugiesisch, die ehemalige Sprache der Kolonial-Herrn, die einen hier doch auch an die schändliche Art und Weise erinnert, mit der die Portugiesen in den siebziger Jahren Angola in die Freiheit entlassen hatten: Total ausgebeutet, ohne Verwaltungs-Strukturen, die farbigen Angolaner bewußt auf dem niedrigsten Bildungsniveau gehalten. Der Krieg, den dos Santos' MPLA, die FNLA und Savimbis UNITA seither um die Macht- Nachfolge führten, ist damit ein Krieg, den letztenendes auch Portugal zu verantworten hat.

Wir aber sind für Savimbis junge intellektuelle Gardisten Freunde: Alle umarmen uns mit „Bussi rechts, Bussi links". Ihre Augen leuchteten: Die Bongos, die Lieder — und vor allem der Auftritt ihres Idols selbst — haben sie offensichtlich in euphorische Stimmung versetzt.

So viel anders kann es eigentlich nicht gewesen sein, als einst in Kuba Fidel Castro zur Revolution rief — und die jungen Guerilleros sich in den Busch-Camps enthusiastisch um Männer wie den legendären Che Guevara scharten. Die Geschichte schlägt schon seltsame Kapriolen: Heute müssen sich ausgerechnet jene Kubaner hier im fernen Afrika als Besatzer gegen diese neuen, jungen Guerilleros verteidigen, deren „Che" nun Savimbi heißt . . .

Eine der jungen Studentinnen, Marie (23), erzählt: „Ich hatte in Luanda Medizin belegt, habe das Studium dann aber unterbrochen und mich in das freie Angola durchgeschlagen. Erst wenn das ganze Angola endlich frei ist, werde ich weiterstudieren. Savimbi wird siegen. Ganz bestimmt."

Hier in Jamba hilft sie jetzt bei der Rehabilitation der vielen Kriegsversehrten. Aber trotz der täglichen Greuel ist sie doch ganz Mädchen, fragt plötzlich: „Was trägt man jetzt in Paris für Röcke? So kurz?", zieht dabei den Rocksaum über ihren braunen Knien etwa zwei Zentimeter nach oben: „Oder so?" — und läßt den Saum schließlich wieder fallen.

„Alles ist wohl in der Mode zur Zeit erlaubt", antworte ich ziemlich vage und nicht sehr kompetent. In Wirklichkeit denke ich mir aber: „Hoffentlich kommt dieses junge Mädchen recht bald wieder aus diesem staubigen Busch heraus

und kann sich irgendwo in der Zivilisation in einem richtigen Laden ein richtiges neues Kleid kaufen."

Man führt uns nun aus der brutal sengenden afrikanischen Mittagssonne in eine größere Rundhütte, etwa zwölf Meter im Durchmesser, deren gesamtes Dach mit schwarzer Plastikfolie ausgekleidet wurde — und in der es dadurch verblüffend kühl ist. Und dann haben wir Mühe, nicht laut herauszuprusten: Mitten im Busch, nur wenige Kilometer von den heutigen Schlachtfeldern Cuito Cuanavales entfernt, servieren uns nun Ordonanzen in blütenweißen Jacken und mit ebenso weißen Handschuhen eisgekühlte Getränke. Welch seltsamer Kontrast: Draußen die militärische Aufgeregtheit des Hauptquartiers, die Bedrohung durch feindliche Düsenbomber — und hier drinnen feine, dezente Casino-Atmosphäre . . .

Wenige Minuten später bittet uns ein junger Hauptmann höflich zur „internationalen Pressekonferenz" in die grüne Versammlungs-Baracke. Schnell wird uns klar: Savimbi versteht offensichtlich eine Menge von Public Relations. Denn: Die hinteren 22 Stuhlreihen sind mit jungen Farbigen besetzt, Burschen und Mädchen, die meisten mit Papierblock und Bleistift ausgerüstet, um hier wohl mal kurz „Journalist" zu spielen. Verlegen halten sie jedenfalls ihr offensichtlich ungewohntes „Arbeitsgerät" in der Hand. Die vorderen drei Reihen sind aber für uns „Echte" reserviert. Für Savimbi gehört halt zu einer „internationalen Pressekonferenz" offenkundig auch ein überfüllter Saal.

Vorn, vor der riesigen rot-grünen UNITA-Fahne, der „Präsidiums-Tisch": Savimbi, einziger Vier-Sterne-General, nimmt in der Mitte Platz, neben ihm seine drei — zumindest jeweils um einen Stern ärmeren — Stellvertreter. In einem von ihnen erkenne ich den hier fast schon legendären „Busch- General" Demostenes Amos Chilingutila.

Chef Savimbi aber zeigt auch hier den Weg: Vor einer großen militärischen Lagekarte erläutert er mit einem Ebenholzstab den angeblichen Durchbruch seiner Kämpfer durch die feindliche Verteidigungslinie von Cuito Cuanavale, erklärt, daß die Stadt, vom Gegner verlassen, jetzt men-

Tanz-Mädchen in Jamba, dem UNITA-Hauptquartier im Süden Angolas: Ihre Fröhlichkeit steht in einem herben Kontrast zu dem Sterben hier im Busch.

Studenten im Krieg: Viele Savimbi-Offiziere kommen direkt von der Universität.

Faustgroße Einschußlöcher: Auf brasilianischen Beute-Lkw's gehts's nach Jamba.

Zwei UNITA-Soldaten: Seit Jahren leben sie in dieser vom Krieg verödeten Savanne.

UNITA-Präsident Dr. Jonas Savimbi bei seiner „internationalen Pressekonferenz" in Jamba: Bei der Friedensvereinbarung vom 22. Juni 1989, im nördlichen Nachbarland Zaire von 18 afrikanischen Ländern ausgehandelt, kam es erstmals zu einem Treffen zwischen Savimbi und Angolas Präsidenten dos Santos.

Verrückter Krieg im Busch: Modische Sommerkleider und Maschinenpistolen — und das alles vor dem Rundhütten-Szenario des UNITA-Zentrums Jamba.

schenleer und für ihn völlig wertlos sei. Das deckt sich mit dem, was mir ein südafrikanischer Militärexperte am Vortag gesagt hatte: „Savimbi darf nicht den Fehler begehen, die Stadt zu besetzen und sich dort in einen konventionellen Krieg verwickeln lassen. Denn dabei wäre er den Kubanern sicherlich unterlegen."

„Hit and run" ist deshalb auch Savimbis Devise, zuschlagen und dann blitzartig wieder verschwinden. Diese Taktik — so erläutert er uns an der Karte — würden seine Kämpfer im gesamten Angola anwenden. Im Norden des Landes, bei den angolanischen Ölfeldern, rund um die Hauptstadt Luanda, im Osten und auch hier im Süden. Savimbi: „Wir sind überall."

Wieviele Kubaner denn hier im Einsatz wären, frage ich.

Savimbi: „Rund 50 000. Dazu kommen etwa 2 500 Rotarmisten und ebenso viele DDR-Soldaten."

Südafrikanische Quellen rechnen hierzu noch 2 500 Nordkoreaner, 7 000 SWAPO- Kämpfer, 1 200 Soldaten des militanten ANC-Flügels und 3 500 portugiesische Söldner unter Führung des marxistischen Obristen Leitao Fernandes aus Lissabon. Alle stünden unter dem Oberbefehl des Sowjetgenerals Novitch.

Rund 150 000 Soldaten des sozialistischen Lagers stehen in diesem blutigen Krieg also angeblich 65 000 UNITA-Kämpfern gegenüber. Und alle Versorgungseinheiten sowie auch die — anteilmäßig in dieser Gesamtzahl weitaus überwiegenden — Guerillero-Gruppen sind hier bereits mitgerechnet.

„Wieviele Tote hat's bei den jüngsten Kämpfen gegeben?" frage ich.

Savimbi: „Der Gegner hat etwa 5 000 Tote zu beklagen."

„Und Sie?"

Savimbi sieht mich bei dieser Frage fast strafend an, zögert etwas, sagt dann mit seiner hohen Singsang-Stimme: „Nun — etwa tausend, höchstens 1 500."

Wenn Savimbi diese Zahl schon freiwillig zugibt — wieviele Tote hat seine UNITA dann wirklich in diesem brutalen Krieg zu beklagen? frage ich mich nachdenklich. Ob die echten Zahlen jemals veröffentlicht werden? Savimbis Verlustziffern muß man wohl auch vor dem Hintergrund des „Kommunique Nr. 9/1987" des Zentralkomitees der UNITA sehen, in dem es wörtlich heißt: „Entweder ein freies Mutterland für uns — oder der Tod. Der Kampf wird triumphieren, gemeinsam werden wir gewinnen."

Und dennoch scheint Savimbi inzwischen von diesen alten Maximalforderungen deutlich abgerückt zu sein:

Auf die Frage nach dem eigentlichen Ziel seiner militärischen Aktionen gibt er jedenfalls plötzlich mit sehr ernster — und dadurch nun auch etwas dunkler klingenden — Stimme zu: „Keine Seite wird den Krieg militärisch gewinnen. Wir wollen deshalb auch nicht ganz Angola erobern. Wir wollen die MPLA an den Verhandlungstisch zwingen. Es muß eine Regierung der Nationalen Front geben, an der die MPLA, die UNITA und alle anderen Gruppen angemessen beteiligt sind."

Rumms — da ist seine Lösung des Problems 'raus. Und wie ich zuvor schon aus gut informierten Kreisen erfahren konnte, soll man in diesen Januar-Tagen des Jahres 1988 auch in Moskau sowie in Washington eine militärische Lösung inzwischen nicht mehr für realistisch halten.

„Warum aber müssen weiterhin so viele Menschen in diesem militärisch offenkundig sinnlos gewordenen Krieg sterben?" frage ich Savimbi.

„Stellen Sie diese Frage Eduardo dos Santos", gibt der Häuptling dürr zurück.

„Würden Sie selbst in einer Regierung mit dos Santos sitzen wollen?"

„Ohne mich geht es nicht", antwortet der UNITA-Chef mir jetzt ganz würdevoll. Das Frage-und-Antwort-Spiel aber ist für ihn nun beendet. Ruckartig schnellt er von seinem Stuhl hoch, spannt seinen Körper, steht eine Sekunde lang militärisch stramm, den Blick starr in den Saal gerichtet, dreht sich auf dem Absatz zackig nach links — und stapft wieder zum Ausgang. Die „Komparsen" hinten im Saal applaudieren frenetisch. Die Bongos fangen draußen wieder an zu dröhnen. Peitschend auch der Sprechgesang: „Savimbi is the way!" Sanft entgleiten Savimbi und seine Gardemädchen im grünen Nissan. Nur Staub bleibt auf dem Hauptplatz von Jamba zurück.

Gleich nebenan nähen beinamputierte Kriegsinvaliden für Savimbis Armee die Uniformen

Gleich an der Ecke sehen wir dann eine Fabrikations-Baracke für Beinprothesen, aus Holz und Leder maßgerecht gefertigt. Die vielen Invaliden des Krieges . . .

Nur einen Steinwurf davon entfernt die „Uniform-Schneiderei“: Auch Beinamputierte sitzen hier in ihren Rollstühlen an den langen Tischen. Wer keine Beine mehr hat, leiht Chief Savimbi wenigstens seine Hände: „Für den Sieg der UNITA.“ Für den Sieg?

Zurück geht's wieder auf dem zerschossenen Beute-Lkw. Sind Sie schon einmal anderthalb Stunden lang in einem Höllentempo auf einem Lkw stehend durch das Gelände geschüttelt worden, ohne Straßen, ohne Wege, bergauf, bergab? Ich bis zu diesem Tag noch nicht. Und dann dieses zweifelhafte Vergnügen gleich zweimal . . .

Das Land rechts und links wirkt tot: Kein Tier, nicht einmal ein Vogel ist zu sehen. Nur widerlich-aggressive Beißfliegen umschwirren uns. Endlich taucht wieder unsere fast 50 Jahre alte DC-3 auf: Der Pilot („Nennen Sie mich Brian, nur Brian“) hat das graugetünchte Flugzeug bereits aus einem Zelt, das hier mit rund 100 Benzinfässern neben der provisorischen „Landebahn“ steht, aufgetankt.

„Vor drei Tagen haben die MIG's einer anderen DC-3 das Leitwerk zerfetzt. Aber die ist auch ohne Leitwerk noch sicher gelandet“, spinnt Brian sein Flieger-Latein. Oder sagt er die Wahrheit? Nun — dann mal wieder los . . .

Super Brians Start von der winzigen Lehmpiste. Wieder geht's unter dem Radarschirm in Baumwipfel-Höhe südwärts. Ein neugieriger Geier kann in letzter Sekunde vor unserer linken Tragfläche abdrehen.

Später unter uns dann wieder die endlos wirkende Steppe Namibias. Und plötzlich eine Elefantenherde: etwa 22, 25 Tiere. Wie Gummispielzeug sehen sie dort unten aus. Während der Mensch sich im Busch weiter nordwärts ausrottet, haben sie jetzt offensichtlich Schonzeit . . .

Die lächerlichen Pressekonferenzen der so hilflos wirkenden UNTAG-Truppe in Windhuk

Dieser Besuch bei Savimbi aber liegt nun schon mehr als ein Jahr hinter mir. Doch heute, im April 1989, rund 13 Monate nach meinem Besuch im Hauptquartier der UNITA, sind es wiederum UNITA-Soldaten, die den marxistischen Truppen hier oben im Grenzgebiet Angolas zu Namibia am schwersten zu schaffen machen: Dem „Busch-General" Demostenes aber haben es die namibischen und südafrikanischen Behörden sicherlich mitzuverdanken, daß nur ein Teil der in angolanischen Lagern trainierten SWAPO-Kämpfer in den Norden Namibias einsickern konnte.

Übrigens: Das westliche Europa und die USA, sonst in der Kommentierung politischer Vorgänge im Süden Afrikas immer recht schnell bei der Hand, wirkte nach dem SWAPO-Einfall in Namibia, der ja eklatant gegen die Genfer Befriedungs-Vereinbarungen zwischen den USA, der Sowjetunion, Südafrika, Angola und Kuba verstoßen hatte, bemerkenswert stumm. Zu peinlich waren dem Westen offenkundig diese blutigen Zwischenfälle, paßten sie doch gar nicht in das bei uns so gern gemalte Bild einer nun demokratische Verantwortung übernehmenden SWAPO.

Nur Maggie Thatcher, Großbritaniens „Eiserne Lady", die just an diesem 1.April 1989 hier in Namibia die britischen UNTAG-Soldaten (doch auch die von britischem Kapital kontrollierte Rössing-Uranmine) besucht hatte, ließ uns nach Südwestafrika geeilten Journalisten eine glasklare Pressemitteilung aushändigen, die den SWAPO-Überfall anprangerte und UN-Generalsekretär Perez de Cuellar zum sofortigen Handeln aufforderte. Die britische Premierministerin darin u. a. wörtlich: „Das ist eine äußerst ernsthafte Herausforderung der Autorität der Vereinten Nationen sowie des Genfer Abkommens, die wir mit Entschiedenheit verurteilen."

Uns allen hier aber war klar: Die Unabhängigkeit Namibias, seit Jahren von der Freien Welt herbeigewünscht, hing — nach den blutigsten Gefechten seit 23 Jahren — über Nacht nun wieder an einem hauchdünnen Faden:

Würde Südafrika tatenlos einen einseitigen Bruch des Genfer Abkommens durch die SWAPO hinnehmen und sich mit einer begrenzten — und von der UNO genehmigten — militärischen „Abwehraktion" gegen die Eindringlinge begnügen?

Die Trommler von Jamba: Wild hämmern die Bongos der UNITA-Jugend über den Dorfplatz, grell dringt ihr „Savimbi is the Way!“ durch die sengende Hitze.

Marie ist ja eigentlich Medizinstudentin, stand kurz vor dem Physikum, als sie beschloß, sich der angolanischen Befreiungs-Armee des Dr. Jonas Savimbi anzuschließen. Im Zentral-Lazarett von Jamba war ihre Hilfe hochwillkommen, denn die Verletzungen der Kriegsopfer hier sind fürchterlich: Die vielen Minen, die schweren Beinverletzungen ... „Wenn wir gesiegt haben", will Marie, die sich — welch Kontrast — höchst interessiert nach den neuesten europäischen Modetrends erkundigte, dann ihr Studium fortsetzen. Indes: Eine militärische Lösung scheint für Angola immer unwahrscheinlicher zu werden. Deshalb kam es am 22. Juni 1989 auch zwischen Savimbi und dos Santos zu den ersten Friedensgesprächen.

Mädchen und Soldaten, ein kleiner Flirt in der Gefechtspause: Die Studenten-Krieger der 1966 gegründeten angolanischen Befreiungs-Armee UNITA.

In einer alten DC-3 gelangte der Autor dieses Buches — in Baumwipfel-Höhe und „ein wenig außerhalb der Legalität“ — über die angolanische Grenze in das von der UNITA kontrollierte Gebiet.

Verwegener Flug: DC-3-Pilot Brian

Keine Beschriftung, keine Nationalitäten-Kennung (links): Die rund 50 Jahre alte DC-3 auf der Busch-Piste im Süden Angolas. Der Co-Pilot kontrolliert nochmal das Leitwerk — dann geht‘s wieder heimlich durch den von kubanischen MIG-Düsenjägern kontrollierten Luftraum im Niedrigflug nach Namibia.

Würde die UNTAG – selbst, wenn sie ihre Sollstärke von 4 500 Mann hier erreicht haben sollte – wirklich freie Wahlen nach der „UN-Resolution 435“ garantieren und weitere Zwischenfälle verhindern können? Wäre sie in der Lage, die Gewähr dafür zu bieten, daß sich auch wirklich alle eingedrungenen PLAN-Einheiten wieder hinter den 16. Breitengrad nach Angola zurückziehen würden? Gerade dieses Problem drohte in den politisch heißen April- und Mai-Wochen des Jahres 1989 für Südafrika immer wieder zur „conditio sine qua non“ zu werden, zur Zeitbombe unter all den einvernehmlichen Unabhängigkeits-Plänen für Namibia.

In diesen für die Zukunft des Südwester-Landes so entscheidenden Tagen gab die UNTAG bei ihren täglichen Pressekonferenzen im Windhuker „Kalahari-Sands“-Hotel jedenfalls ein äußerst schwaches Bild ab. Dialoge, wie der folgende, waren hier in letzter Zeit jedenfalls keine Seltenheit:

Journalisten-Frage: „Würden UNTAG-Soldaten mit der Waffe eingreifen, wenn sie Zeuge einer weiteren bewaffneten SWAPO-Aktion würden?“

UNTAG-Sprecher Anouar Cherif, ein Tunesier: „Darauf kann ich leider keine Antwort geben.“

Pfiffe, gereizte Kommentare, höhnisches Gelächter aus dem Kreis der etwa 300 internationalen Reporter.

Weitere Frage: „Worauf können Sie uns überhaupt eine Antwort geben?“

Cherif: „Ich danke Ihnen für Ihre Aufmerksamkeit.“

Im Raum nur noch fassungsloses Kopfschütteln . . .

In der Tat: Diese UNTAG-Pressekonferenzen im „Kalahari-Sands“ werden mehr und mehr zur Farce. Tag für Tag müssen die Vereinten Nationen hier auf diese Weise beträchtliche Image-Verluste hinnehmen, schonungslos examiniert von der Welt-Presse, den Nachrichten-Agenturen, den Fernseh- und Rundfunkstationen.

Der Skandal um die 147 gespendeten Luxus-Autos für das „großkopferte" UNTAG-Personal

Auch die Bundesrepublik Deutschland ist übrigens an der UNTAG-Aktion beteiligt — wenn auch nicht mit Soldaten. Bonn hat nämlich der UN-Truppe für ihren Einsatz in Namibia rund 250 weißgelackte Volkswagen gestiftet: 167 Golf-Pkw's und etwa 85 Caravelle-Kleinbusse. Der französische Frachter „Ango" hatte sie im Hafen von Walfish-Bay, das ja — obgleich an der namibischen Atlantik-Küste gelegen — eine südafrikanische Exklave bleiben soll, recht diskret angelandet.

Presse war zuerst nicht erwünscht. Erst nach sechs Stunden Wartezeit, in denen man die Deutsche Botschaft in Pretoria eingeschaltet hatte, bekamen 30 Pressefotografen schließlich die Erlaubnis, von den UN-VW's Fotos zu machen — und ein als „diplomatischer Beobachter der Bundesrepublik Deutschland" bezeichneter Dr. Gerd Massmann war dann sogar bereit, sich gemeinsam mit dem UN-Beauftragten Abdou Ciss den Fotoreportern zu einem dieser „historischem Händedruck-Fotos" zu stellen.

Außerdem hat Bonn zur Unterstützung der UNTAG 60 Automechaniker nach Namibia geschickt. Am ersten Tag mußten sie nur einmal eingreifen: als nämlich das erste Fahrzeug, das vom Schiff rollte, am linken Vorderrad einen Platten hatte . . .

Aber auch andere deutsche Autos sorgten — im Zusammenhang mit der UNTAG — für einen gewissen Wirbel: So berichtete die „Times of Namibia", daß der UN-Friedenstruppe über die Schweiz 147 deutsche Luxus-Autos geschenkt worden seien. Die Zeitung wörtlich:

„Man stelle sich vor, man hätte einen Mercedes-Sportwagen oder einen Porsche, um damit in Namibia spazierenzufahren. Diese Luxus-Autos würden hierzulande das Stück zwischen 150 000 und 250 000 Rand (im April 1989 etwa zwischen 100 000 und 165 000 Mark; der Autor) *kosten, und niemand würde sich hier träumen lassen, so ein Fahrzeug gar geschenkt zu bekommen. Nicht so unsere Freunde von der UNTAG, der 'UNO-Übergangs-Hilfstruppe'* ('United Nations Transitional Assistance Group'; der Autor).

Das Ro-Ro-Schiff 'Rablais' wird an diesem Wochenende in Walfish Bay 147 Mercedes-Luxusautos und Porsche-Sportwagen für besondere UNTAG-Mitglieder ausladen — als Geschenk der Schweizer Regierung. Und ganz nebenbei gesagt, kommen sie auch noch zollfrei ins Land, wogegen ein Bürger von Namibia hierfür norma-

lerweise einen Einfuhrzoll von 140 Prozent zahlen müßte.

Wer sagt denn, die UNTAG habe keine schöne Zeit hier?"

Vor diesem Hintergrund aber stellte sich hier im Frühjahr 1989 immer brisanter die wohl vorläufig wichtigste Frage: Wird der bereits laufende Wahlkampf nach demokratischen Spielregeln und ohne äußeren Druck fortgesetzt werden können? Und kann die UNTAG hierbei wirklich hilfreich sein?

Auch für diese so angespannte Situation gilt wohl das, was mir ein möglicherweise Hauptbetroffener, Dirk Mudge, Chef der „Demokratischen Turnhallen-Allianz / DTA" (benannt nach der zu einem Parlaments-Saal umgebauten alten deutschen Turnhalle in Windhuk und hinter der SWAPO klar die zweitstärkste politische Kraft in Namibia), dieser Tage sagte: „In Afrika ist halt alles noch etwas komplizierter, als Ihr Europäer es Euch mit Euren kompliziertesten Gedanken vorstellen könnt."

Wie fremd uns Europäern Afrika in der Tat sein kann, erlebte ich dann bei einer Wahlveranstaltung in einem Vorort von Windhuk:

Schon von weitem sind die Bongos, die Trommeln, ist das Stampfen, sind die monoton-aufputschenden Sprechgesänge zu hören. Ich bin aus der Innenstadt von Windhuk hinaus in die Farbigen-Vorstadt Katatura gefahren. Katatura heißt in der Owambo-Sprache „Die Stadt, die keiner will . . . "

Vor rund 15 Jahren waren die alten Siedlungen im Osten von Windhuk dem Ansturm der farbigen Neubürger aus allen südwestafrikanischen Provinzen nicht mehr gewachsen gewesen. Die Stadtverwaltung hatte daraufhin Platz für eine neue Vorstadt gesucht — und im Nordwesten von Windhuk gefunden.

Indes: Trotz eines — für Windhuker Verhältnisse wirklich großzügigen — städtischen Siedlungsprogrammes, bei dem allen Interessenten Baugelder zu ungewöhnlich niedrigen Vorzugs-Zinsen angeboten worden waren, stellten die Behörden erstaunt fest, daß kaum jemand in die neue Retorten-Vorstadt ziehen wollte, das alte Viertel aber mehr und mehr aus den Fugen geriet. Erst ein radikaler Zuzugs-Stopp brachte dann die Wende. Aber die neue Vorstadt, die keiner wollte, hatte damit ihren Namen weg: Katatura . . .

Heute aber, rund 15 Jahre danach, an diesem heißen Sonntag im historisch bedeutsamen April 1989, scheint sich Katatura ganz offensichtlich einer bemerkenswerten Beliebtheit zu erfreuen: Laut hupende Auto-Kolonnen rollen rechts und links von mir die breite Ausfallstraße nach Katatura hinaus. Nobel-Karossen, überfüllte Lastwagen, Kleinautos, Jeeps, Busse, „Pickup"-Pritschenwagen, Gesänge, Jubel, fröhliche Zurufe, lachende schwarze, braune und auch weiße Gesichter — und darüber Fahnen, Plakate, Transparente in den Farben Blau-Weiß-Rot.

Überall recken sich mir aus heruntergekurbelten Wagenfenstern Hände mit dem aus Mittel- und Zeigefinger geformten „V" des „Victory"-Zeichens entgegen: Das Partei-Symbol der DTA, der „Demokratischen Turnhallen-Allianz", die zu ihrer ersten großen Wahlkundgebung auf den Volksfest- Platz von Katatura geladen hat.

Zwölf Uhr ist es, Afrikas Sonne steht nun sengend im Zenit. Indes: Die Luft ist hier, 1752 Meter über dem Meeresspiegel, zwar etwas dünn, aber angenehm trocken, und so spürt man die hohen Temperaturen — mehr als 30 Grad mögen es sein — kaum.

Ich stelle meinen Leihwagen ab und kämpfe mich durch die blau-weiß-rote Masse zu einem der großen Zelte vor. Ob schwarz, ob braun, ob weiß: Alles wiegt sich rhythmisch zum dumpfen wilden Klang der Bongos. Mit grellen — fast kreischend-hohen — Stimmen singt ein in blau-weiß-rote T-Shirts gekleideter Chor aus Jugendlichen dazu einen monotonen — aber durch seine stete Wiederholung die Menge spürbar aufputschenden — Refrain.

Südlich von Angola gehört der Himmel — zumindest militärisch — allein der südafrikanischen Luftwaffe. Für Aufklärungs-Flüge stehen ihr dabei Allwetter-Hubschrauber vom Typ „Puma" (oben), eine französisch-britische Entwicklung, zur Verfügung.

Ein Hauptmann der südafrikanischen Luftwaffe, Chefpilot einer Hubschrauber-Einheit (rechts). Südafrikas Luftwaffen-Angehörige gelten international als Elite-Soldaten.

Die strenge Schönheit Namibias: Der weite afrikanische Himmel spannt sich schier unendlich über der karg bewachsenen Wüstenlandschaft.

Der „Reiter von Südwest“ in Windhuk, das berühmteste Denkmal im südlichen Afrika, erinnert an Kaiser Wilhelms „Schutztruppe“.

Die Wahrzeichen Windhuks: Das Reiterdenkmal und die Christuskirche in der Innenstadt (oben).

Viele Häuser mit Fachwerk erinnern an die Jahre, als Namibia noch „Deutsch-Südwestafrika" hieß (oben).

Zweifelnder Blick in die Zukunft (links): Wird in Namibia nun Harmonie zwischen den Rassen einkehren?

Vor mir in dem riesigen Zelt tanzen an die tausend Owahimba-Frauen — sie sind fast nackt

Als ich das erste der großen Zelte endlich erreiche, merke ich, daß auch ich mich auf den letzten Metern diesem Rhythmus nicht entziehen konnte. Doch kaum bin ich am Eingang angelangt, vergeht mir jede Zuckung, erstarre ich wohl eher für ein paar Sekunden zur Salzsäule. Denn: Der Anblick, der mich hier erwartet, trifft mich völlig unvorbereitet — und wirkt, ehrlich gesagt, auch so irritierend, daß man schon zweimal hinschauen muß, um wirklich zu kapieren, daß das, was man da sieht, auch alles stimmt.

Was da stimmt? Vor mir in diesem Zelt tanzen hundert, nein: tausend halbnackte Frauen. Alle tragen einen ledernen Lendenschurz, langgeflochtene hellgefärbte Haare — und sonst gar nichts. Viele haben apart geschnittene Gesichter, viele tragen ein Baby auf dem Rücken — und die meisten recken ihre „Victory"-Hand in die Luft, als sie meine Kamera sehen.

Es sind Owahimba-Frauen, Angehörige eines fast noch in Steinzeit-Traditionen lebenden Herero-Stammes aus dem Kaokoveld im Nordwesten Namibias. Doch: Was machen diese Natur-Ladys hier auf einer politischen Wahlversammlung? Ein britischer Kollege klärt mich auf: Die Hereros — und damit auch die ihnen „anverwandten" Owahimbas — sind die traditionellen Feinde der Owambos. Und da die SWAPO die Partei der Owambos ist, unterstützen die meisten Hereros hier im Südwesten ganz automatisch die „Demokratische Turnhallen-Allianz" des Dirk Mudge.

Die Haut der Owahimba-Damen in diesem Zelt ist von einem rötlichen Braun — ganz anders, als bei allen Stämmen, denen ich auf meinen bisherigen Afrika-Reisen begegnet bin. Doch die Erklärung dafür liefert mir wieder der Brite: Owahimba-Frauen unterliegen einem recht ausgefallenen Schönheits-Ideal: Sie reiben ihren Körper mit ranzigem Talg ein und bestreichen ihn dann ganz fein mit rötlich-brauner Tonerde.

Mein britischer Kollege muß recht haben, denn jetzt registriere ich auf einmal diesen penetranten, ranzigen, scharfsäuerlichen Geruch. Er ist so durchdringend, daß ich schnell wieder das Zelt verlasse.

Draußen sind jetzt die Reiter los: Rund hundert Hereros preschen auf ihren zierlichen, temperamentvollen und ziemlich nervös wirkenden Pferden eine etwa zweihundert Meter lange — und von der Menge notdürftig freigelassene — Schneise herunter. Alle tragen blau-weiß-rote

Fahnen oder DTA-Plakate. Eines der Pferde scheut, bricht aus, bäumt sich auf, die Vorderhufe drohend über ein paar schreiend zurückweichenden Zuschauern. Aber der Reiter hat sein Pferd – und damit auch die Situation – fest im Griff: Kraftvoll reißt er das Tier herum, drückt es wieder herunter, prescht den anderen hinterher.

Im nächsten Zelt finde ich dann DTA-Parteiführer Dirk Mudge, von Schwarz und Braun hier der „Weiße Riese" genannt. Wie er da so am Rednerpult steht: Eine imponierende Erscheinung ist er schon – und an den zwei Metern fehlen sicherlich nur wenige Zentimeter.

„Nur mit der DTA in der Regierung wird es in einem neuen Namibia ein friedliches Miteinander aller Rassen geben", sagt er gerade mit ruhiger aber sehr eindringlicher Stimme. Sein Publikum im Zelt antwortet sofort mit enthusiastischen „DTA! DTA"- Sprechchören.

Nachmittags treffe ich mich dann mit Mudge in dessen Partei-Zentrale: „Wird sich Ihr enormer Einsatz auszahlen?" frage ich ihn. Mudge, von dem seine schwarzen Anhänger sagen, er habe nur einen Fehler: die falsche Hautfarbe, sieht mich nachdenklich an, sagt dann: „Wir haben eine gute Chance – und Tag für Tag wird sie größer."

Ein Berufs-Optimist? Schließlich sind fast 50 Prozent der Bevölkerung Owambos – und die, so sagt man hier, wählen alle die SWAPO. Doch Mudge erklärt mir seinen Optimismus so: „Die SWAPO hat zu viele Fehler gemacht. Sie hat ihre Anhänger immer wieder unter Druck gesetzt, hat sich dadurch viele Feinde geschaffen. Doch die meisten Leute hier in Namibia wollen Frieden, Ruhe, Wohlstand, Lebensqualität. Und dafür brauchen sie unsere DTA."

SWAPO-Anhänger haben ein Kind tödlich überfahren – jetzt will man den Fahrer lynchen

Einen schrecklichen Fehler ganz anderer Art macht zur gleichen Stunde ein von einer eigenen Wahlveranstaltung kommender SWAPO-Anhänger, der in seinem, mit SWAPO-Transparenten geschmückten und mit SWAPO-Demonstranten beladenen, Lieferwagen in Katatura ein gerade von der DTA-Versammlung kommendes Mädchen überfährt – und tötet.

Gleich ist die Hölle los: Die aufgebrachte Menge, die meisten in blau-weiß-roten T-Shirts, versucht, den Truck zu stürmen und den Todesfahrer zu lynchen. Nur mit äußerster Mühe gelingt es dem DTA-Politiker Dr. Ben Africa unter Mithilfe eines deutschen Reporters, die tobenden DTA-Anhänger zu beschwichtigen und den Unglücksfahrer zu retten.

Doch unabhängig von diesem Zwischenfall: Mit dem Druck, den die SWAPO auf die Bevölkerung ausgeübt hat, beschäftigt sich auch eine andere Gruppierung, die sich ebenfalls – ja, Sie lesen richtig – SWAPO nennt. Genauer: SWAPO-D. Und das „D" steht hier für „Democratic". Boß ist der in Namibia recht populäre Andreas Shipanga, ein Owambo. Als ich das Partei-Hauptquartier der SWAPO-D in Windhuk besuche, stellt sich Vize-Präsident Zen Asser Mnakapa, ebenfalls ein Owambo, gleich an eine Tafel und schreibt für mich die Namen von SWAPO-Opfern darauf, die angeblich nach Sambia entführt und dort ermordet worden sind.

Auch sein Cousin sei darunter gewesen, sagt Mr. Mnakapa. Und dann ganz optimistisch: „Wir sind die wahre SWAPO und werden dieser Terror-Vereinigung viele Stimmen abnehmen."

Wieder draußen, in der Innenstadt, sehe ich, daß die von Mr. Mnakapa beschimpfte „eigentliche" SWAPO aber klar das Straßenbild beherrscht: Auf T-Shirts, Pullovern und Blusen dominieren die SWAPO-Farben Grün-Rot-Blau. Im Hauptquartier beteuert mir Andreas Nghifikwa, einer der zahlreichen Wahlkampf-Helfer, daß die SWAPO leicht die Zweidrittel-Mehrheit holen werde: „Und die DTA bekommt höchstens zehn Prozent." Dazu reckt er drohend die Faust in den Himmel: Das Zeichen der SWAPO-Anhänger.

SWAPO-Faust oder das DTA-„V"? Na, ja: Anfang November, nach den ersten freien Wahlen dieses Landes, wird man es genauer wissen.

Windhuk – in diesen geschichtsträchtigen April- und Mai-Tagen 1989 eine verrückte Stadt: Die Immobilienpreise schnellen raketenartig in die Höhe (Hauptgrund: Die verschiedensten Länder suchen Villen für ihre künftigen diplomatischen Vertretungen — und das entsprechende Personal), der kommunistische Erzfeind Angola kommt plötzlich zu einem Fußball-Länderspiel nach Windhuk (und gewinnt gegen die Namibier 1:0), die Mulattin Emsie Esterhuizen wird „Miß Namibia 1989“ (und schlägt dabei die gesamte weiße und schwarze Konkurrenz), in der von Jugendlichen aller Hautschattierungen total überfüllten Groß-Disco „Namibian Nite“ kocht es auf der Tanzfläche zu den aufputschenden Hits von Yvonne Chaka Chaka, Lucky Dube, Hot Line und der blondmähnigen P. J. Powers („See You in Soweto“), hier nur „Pie Jay“ genannt, bis in die frühen Morgenstunden.

Auch außerhalb der Hauptstadt spürt man den Wandel — auch im so herrlich an der Atlantik-Küste gelegenen Swakopmund, für mich die deutscheste unter all den deutschen Städten Namibias, die ich nach einer 600-Kilometer-Fahrt durch die Wüste erreiche.

Überall flanieren hier UNTAG-Soldaten — aus Bangladesh (Ob die eigentlich genau wissen, wo sie hier sind? Und vor allem: Was sie hier sollen?), aus Dänemark, aus Malaysia. In der „Café-Konditorei Anton — feinste Kuchen-Spezialitäten“ bekomme ich ein Zimmer. Auf der Terrasse noch ein bißchen Abendsonne, noch etwas von der Schönheit dieser Region zu einer Tasse Kaffee. Plötzlich klopft mir jemand von hinten auf die Schulter. Eine bayerische Stimme brummt: „So — jetza muaß ich fei scho amoi Grüß Gott sag’n.“

Das ist doch wirklich kaum zu fassen: Da setzt man sich, eine halbe Weltkugel von der Heimat entfernt, irgendwo in Afrika in ein kleines Restaurant, um sich dort — und nach einer 600-Kilometer-Fahrt durch die Wüste — eine Tasse Kaffee zu genehmigen, da klopft einem von hinten ein leibhaftiger Bundesminister auf die Schul-

Von Kopf bis Fuß auf „DTA“ eingestellt ist diese weiße Familie: Die Kundgebung der „Demokratischen Turnhallen-Allianz“ in Katatura wird zum Happening.

Ein blau-weiß-roter Regenschirm und rötlich-braune Haut: An die tausend halbnackte Owahimba-Frauen reihen sich in die „DTA“-Anhängerschaft ein.

Dirk Mudge, Parteiführer der „Demokratischen Turnhallen-Allianz", zieht auch Schwarz und Braun in seinen Bann - wie hier im Kundgebungszelt in Katatura.

Herero-Reiter mit ihren nervös tänzelnden Pferden auf dem Volksfest-Platz von Katatura, „der Stadt, die keiner wollte", auf dem die „DTA"-Kundgebung abgehalten wird.

„DTA"-Fans zeigen das „Victory"-Zeichen...

...harren in Blau-Weiß-Rot auf ihren Parteiführer Dirk Mudge...

. . .werben für ihren „weißen Riesen".

ter: Dr. Friedrich Zimmermann, auf Hochzeitsreise in Namibia.

Er mache auf der Farm eines Bekannten nördlich von Windhuk ein paar Tage Urlaub, erzählt er mir, und dabei habe man auch ein Wochenende hier an der Küste von Swapokmund eingeplant. Viel Spazierengehen und viel Lesen stünden auf dem Programm. Und vor zwei Tagen sei er mit einem Bekannten in dessen Jagdrevier sogar auf einer Antilopenjagd gewesen.

Wochen später, wieder in Deutschland zurück, höre ich dann, daß Friedrich Zimmermann von einschlägigen Gazetten und politischen Gegnern während seines Urlaubs als „Großwild-Jäger" beschimpft worden sei. Nun ja: Fragt sich halt nur, wer da den größeren Bock geschossen hat . . .

Aber zurück nach Namibia: Dieses Swapokmund ist schon ein erstaunliches Städtchen: Rund 15 000 Einwohner, ungewöhnlich breite Straßen (von den deutschen Swapokmundern der Jahrhundertwende schon sehr weitsichtig für ein intensives Fahraufkommen geplant), überall zwischen der Kaiser-Straße und der Strand-Straße fast ausschließlich deutsche Straßenschilder, Firmen, Namen und Bezeichnungen:

Da steht die putzige „Adler-Apotheke" von Emil Kiewitt, der alte deutsche Leuchtturm (rot-weiß gestrichen, so wie es sich halt an der Nordsee-Küste gehört), das deutsche Krieger-Denkmal (über dem noch heute Kaiser Wilhelms schwarz-weiß-rote Flagge weht).

In der „Buchhandlung Delius" ist Konsalik Trumpf (aber ich entdecke dort sogar eines meiner eigenen Bücher), „Blumen-Borchert" bietet gleich daneben täglich frische Pflanzen an, nicht weit davon entfernt der alte Bahnhof der „Otavi-Bahn", die „Deutsche Oberschule", die „Hansa-Brauerei", das „Prinzessin-Rupprecht-Heim", der „Kindergarten", eine bayerisch-barocke Kirche, das ehemalige deutsche Gefängnis und das „Alte Amtsgericht". Deutsches Herz, was willst du mehr?

Ähnlich „deutsch" die Situation dann im schmucken Mariental und auch im leicht verträumt im Diamanten-Sperrgebiet der Wüste Namib vor sich hindösenden Lüderitz, das man von Swakopmund aus auf der Küstenstraße nach Süden — vorbei an Südafrikas Handels- und Kriegs-Hafen Walfish Bay (Walvis Bay) — nach sechs Autostunden erreicht:

Eine leicht morbide Stimmung liegt über der Stadt, die, 1883 (damals noch portugiesisch „Pequena“ genannt) von dem Bremer Kaufmann Adolf Lüderitz samt dem umliegenden Gebiet für das Kaiserreich gekauft, zur Kernzelle des späteren „Schutzgebietes“ Deutsch-Südwestafrika geworden war.

Viele der schönen alten Häuser wirken dringend reparaturbedürftig. Lüderitz scheint sich selbst ein wenig überlebt zu haben: Einst ein vitaler, quirliger Fischerei-Hafen, bleiben die Fisch-Schwärme — und besonders die Langusten — nach Jahren eines hemmungslosen Intensiv-Fischfangs schon längere Zeit aus. Und so scheint die Stadt heute nur noch „den guten, alten, deutschen Zeiten“ nachzutrauern.

Die rund 30 000 Deutschen hier in Namibia gelten übrigens als recht fleißig, pünktlich, gründlich, tüchtig — aber auch als ziemlich unpolitisch. Ungern kümmern sie sich um den Parteienstreit. Dafür aber pflegen sie umso intensiver ihre „deutsche Lebensart“ — oder zumindest das, was sie hier darunter verstehen.

So bietet ein Windhuker Wirt auf Plakaten „Ab 12 Uhr in der 'Kaiserkrone' Faßbier, Haxen und Sauerkraut“ an. Auch für eine „Stimmungs-Kapelle“ sei gesorgt.

Die Lieblingsmelodie der Deutschen hier im Südwesten aber ist das „Südwesterlied“, in dessen markigem Text es u.a. heißt: „Hart wie Kameldornholz ist unser Land ... Und sollte man uns fragen: 'Was hält Euch denn hier fest?' Wir könnten nur sagen: 'Wir lieben Südwest!'“

Mit diesem Lied, von dem man mir jetzt in Windhuk erzählte, daß es davon inzwischen auch eine „Heino“-Version geben soll, artikuliert man dann auch schon mal politischen Unwillen. Ich habe jedenfalls vor gut einem Jahr bei einem Empfang, den der südafrikanische General-Administrator anläßlich des Strauß-Besuches für die deutsche Kolonie gegeben hatte, erlebt, wie die Gäste zu vorgerückter Stunde — und offenkundig mit einer gehörigen Portion „Windhoek-Lagerbier“ im Bauch (übrigens strikt nach dem deutschen Reinheitsgebot gebraut) — plötzlich trutzig das „Südwesterlied“ anstimmten.

Alle Gäste hatten sich dabei dem „G. A.“, der ja damals noch Südafrikas ungeteilte Macht in Namibia verkörperte, zugewandt. Immer lauter wurde der Gesang der Deutschen, fast heftig schleuderten sie dem General-Administrator ihren Refrain „Wir lieben Südwest" entgegen. Südafrikas Mann in Windhuk schoß unverkennbar die Zornesröte ins Gesicht. Schließlich wandte er sich offensichtlich verärgert ab.

In diesem Zusammenhang darf man sich daran erinnern: Es waren vor allem südafrikanische Truppen gewesen, die im Ersten Weltkrieg, also vor knapp 75 Jahren, im Südwesten Kaiser Wilhelms zahlenmäßig hoffnungslos unterlegene „Schutztruppe" nach hartem Kampf letztlich zur Kapitulation gezwungen hatten.

Südafrika und der Südwesten – die Verbindung zwischen beiden Regionen ist seither sehr eng gewesen. Und darum schaut man heute aus Pretoria, Johannesburg und Kapstadt sehr aufmerksam nach Namibia: Wird der Weg in die Freiheit dort für den Weißen Mann unblutig enden? Wird es zwischen allen Rassen dort zu einem friedvollen Miteinander kommen? Falls ja, wäre auch in Kapstadt und Pretoria, in Port Elizabeth, in Durban und Johannesburg den Verfechtern der Apartheid eines ihrer wichtigsten Argumente entzogen.

Johannesburg heute – das ist eine der brodelndsten, vitalsten, dynamischsten Großstädte der Welt: Kühne Wolkenkratzer prägen das Gesicht dieser hochtourigen Banken-, Diamanten- und Goldmetropole.

Unter diesen – einen fast erdrückenden – Geschäftstürmen aber breitet sich südlich der so bunten Einkaufs-Straße Smal Mall eine faszinierende „Unterwelt" aus: Ein hochmodern gestyltes und schier nicht enden wollendes Labyrinth aus Ladenpassagen, Springbrunnen-beplätscherten Innenhöfen, Boutiquen, Supermärkten, Reisebüros, Juwelier-Läden, Cafés und den internationalsten Restaurants: Das „Carlton-Center".

Und diese Wunderwelt aus Glas, Marmor, Chrom, Neon und geräuschlos durch mehrere Etagen gleitenden Rolltreppen wird von einem der buntesten Völkergemische dieser Welt mit quirligstem Leben erfüllt:

Schwarze Studenten in Jeans und T-Shirts, weiße Geschäftsleute in gedeckten Sommeranzügen und mit dezenten Krawatten, japanische Touristen, schmuckbehangene weiße Ladies, zumeist blond, groß, schlank, mit goldgetöntem Teint und in eleganten weißen Sommerkleidern, dicke Bantu-Mamas in buntgewirkten Baumwollkitteln und an jeder Hand mindestens ein Kind. „Asians“, wie hier die Inder bezeichnet werden, die Männer häufig mit Turban, die — oft bemerkenswert aparten — Frauen im seidenen Sari, sprachgewandte Mulatten, hier ja „Coloured“ genannt, viele von ihnen selbständige Geschäftsleute, dazu das so vielseitige Gemisch der verschiedenen schwarzen Stämme: Xhosas, Matabele, Tswana, Damara und die größte südafrikanische Bevölkerungsgruppe: die Zulus.

Ntobi (26) ist ein Zulu-Mädchen. Als ich mir in dem Reisebüro, in dem Ntobi arbeitet, meinen Rückflug-Termin bestätigen lasse, platzt sie damit heraus: „Ich fliege auch bald nach Deutschland!“ Da Ntobi gerade Mittagspause hat, bleibt in der benachbarten Cafeteria Zeit für einen kleinen Plausch: Sie hat hier — vor zwei Monaten — einen jungen Frankfurter Geschäftsmann kennen- und liebengelernt. Klaus sei Einkäufer im Edelstein-Großhandel, groß, weiß und blond. „Wir lieben uns“, sagt Ntobi, „er hat mir ein Ticket geschickt, damit ich ihn in Frankfurt besuchen kann.“

Ntobi trägt ein offensichtlich italienisches Sommerkostüm, leuchtendblau, dazu blaue, hochhackige Schuhe („Blau ist meine Lieblingsfarbe“), ist sehr dunkel, sehr schlank und sehr hübsch. Am meisten aber fällt einem ihr blendaxweißes Lächeln auf. Denn Ntobi lächelt viel.

Eigentlich würde sie gerne „Esther“ heißen, meint sie, das gefalle ihr besser. Sie verdient hier monatlich umgerechnet 1 500 Mark (bei sechs Arbeitstagen in der Woche; indes: Alle Preise liegen hier deutlich unter jenen in Deutschland), wohnt in der riesigen Farbigen-Vorstadt Soweto (2,7 Millionen Einwohner), hat zehn Geschwister, einen achtjährigen Sohn mit dem lustigen Namen „Good Hope“ („Gute Hoffnung“), hat keinen Vater für ihn („der wollte nicht arbeiten und hat keinen Cent für Good Hope gezahlt — da habe ich ihn davongejagt“).

„Lebt es sich schrecklich in Soweto?“ frage ich Ntobi.

„Warum schrecklich?“ fragt Ntobi zurück. „Wir haben ein schönes Haus. Meine Familie ist da glücklich. Wir wohnen aber auch nicht in den Slums dort. Wenn Sie Lust haben, kommen Sie doch am Sonntag mal raus — dann zeig’ ich Ihnen mein Soweto.“

Ich nehme das Angebot an — und lerne am Sonntag dann viel über Soweto hinzu. Beispielsweise:

Mit „kühler“ Zurückhaltung verfolgen drei Herero-Damen in der traditionellen Tracht ihres Stammes den Trubel um die erste große „DTA“-Wahlveranstaltung.

Seit 1909 steht die „Adler-Apotheke“ unverändert in Swakopmund (oben).

Nirgendwo außerhalb von Deutschland ist Deutschland deutscher als hier: Deutsche Straßennamen, deutsche Lebensart und deutsche Giebel (oben) beherrschen das Bild des Städtchens Swakopmund.

Ladenschilder erinnern an die „guten, alten, deutschen Zeiten“ (oben).

Swakopmund, Stadt der Gegensätze: Palmen — und dann plötzlich das „Alte Amtsgericht", einst ein Stützmechanismus der deutschen Kolonialverwaltung.

Deutsche Erziehung und deutsche Autos sind „in“ (oben).

Swakopmunds evangelische Kirche: Barock und Palmen (rechts).

Deutsches Herz, was willst Du mehr? Schilder aus der „deutschen Zeit“ säumen die breit angelegten Straßen (oben).

Noch heute weht Kaiser Wilhelms Flagge über dem Kriegerdenkmal.

Liebe zu Deutschland geht durch die Kehle...

Überall: „Typisch deutsche“ Bürgerhäuser.

— Daß es — abseits der wirklich schrecklichen Slums — auch ein verblüffend wohlhabendes Soweto gibt, in dem Winnie Mandela (deren Image seit dem mysteriösen Tod des Halbwüchsigen „Stompie“ und den undurchsichtigen Aktivitäten ihrer „Leibgarde“, des „Fußball-Club Mandela United“, hier ziemlich „im Keller“ ist) eine — angeblich 18 Zimmer große — Villa besitzt. Und:

— Daß an und vor dem Bungalow des Anglikaner-Bischofs Tutu politische Gegner mit Spraydosen Parolen geschrieben haben wie „Tutu: Work — not Words!“ und „Tutu: We want Jobs!“

Auch, wenn der letzte Satz anschließend von einem Tutu-Anhänger wiederum mit roter Farbe in „Tutu: We *do not* want Jobs *under Apartheid*“ ergänzt worden ist: Diese politische Graffiti an Tutus Gartenmauer ist doch ein sichtbares Zeichen dafür, daß sein Eintreten für Wirtschaftssanktionen gegen Südafrika, um so die Apartheid zu beseitigen, selbst in Soweto nicht unumstritten ist.

Ntobi aus Soweto kommentiert das so: „Mir sind Leute wie unser Häuptling Buthelezi, die diese Apartheid mit friedlichen Mitteln beseitigen wollen, eigentlich viel sympathischer, als dieser Bischof Tutu.“

Zulu-Chief Buthelezi, Führer der größten südafrikanischen Volksgruppe, hält hier in Soweto in einem Sport-Stadion regelmäßig seine Versammlungen ab: Ein glänzender Rhetoriker, der seine Zuhörer mitzureißen — gelegentlich aber auch zu besänftigen — versteht. 15 Monate zuvor, im Januar 1988, hatten wir uns in Ulundi kennengelernt. In meinem Reporter-Tagebuch hatte ich diese Begegnung (in einer Moment-Aufnahme aus der Sicht jener Tage) damals wie folgt festgehalten:

Smart ist er, smart, wendig, clever — und ungemein gewinnend. „Oh ja, Mr. Zimmermann, wir kennen uns ja schon länger“, sagt er herzlich, als wir einander vorgestellt werden: Ein offenkundig guter alter Bekannter strahlt mich wiedererkennend durch seine freundlich-funkelnden Brillengläser an. Indes: Wir sehen uns heute zum ersten Mal . . .

Prinz Mangosuthu („Der Auserwählte") Gatsha Buthelezi, Mächtigster aller Zulus, Häuptling dieses dunkelhäutigen Sechs-Millionen-Volkes: Wie bei einem überraschenden Treffen guter alter Bekannter klopft er mir nun fröhlich auf die Schulter — zumindest in gewinnender Cleverness.

Nicht besonders groß ist er, etwa einsfünfundsiebzig, längst nicht so hochgeschossen wie sein berühmter und direkter Ur-Vorfahre „Shaka Zulu", der nun, in Bronze gegossen, vor dem neuen Parlamentsgebäude recht drohend seinen Speer schwingt.

Shaka, der „schwarze Napoleon", stolzer Feldherr, war Gründer der Zulu-Nation. Alle Stämme, die sich ihm nicht unterwerfen wollten, vernichtete er. 1828 — erst 41 Jahre alt — wurde er dann schließlich von seinen beiden Halbbrüdern Dingan und Mhlangane ermordet.

Das Fernsehen hatte ja das Leben des Zulu-Königs Shaka als Hollywood-Serie auch in die deutschen Wohnstuben geholt. Shakas Nachkomme freilich, schon in den Fünfzigern — aber noch wie ein Enddreißiger aussehend — , wirkt so ganz und gar nicht wie ein grausamer Krieger: Eleganter, sandfarben-gestreifter Armani-Anzug, dazu rote Krawatte und rotseidenes Einstecktuch — neben mir steht eher ein „Yuppie" als ein Finsterling.

Buthelezi — der Hoffnungsträger vieler Südafrikaner (ob schwarz, farbig oder auch weiß) — ist zutiefst davon überzeugt, daß dieses Land ohne Explosion aus der Apartheid in die rassische Gleichberechtigung geführt werden kann. Denn der gläubige Christ, Präsident der mächtigen Zulu-Vereinigung „Inkatha", hat jeglicher Gewalt bei der Durchsetzung der Rechte aller Nicht-Weißen eine klare und offenkundig unwiderrufliche Absage erteilt.

Buthelezis These: „Eine Politik roher Gewalt, um die Tyrannei zu entfernen, ist eine schlechte Politik. Wenn Siege über die derzeitigen sozialen, wirtschaftlichen und politischen Strukturen nur mit Gewalt möglich sind, dann sind diese Siege hohl."

Bange Landung mit einem klapperigen Museums-Flugzeug auf einer ziemlich kurzen Piste

Am späten Nachmittag dieses 26. Januar 1988 waren wir hier in Ulundi, dem Regierungssitz des KwaZulu-Landes, gelandet: Eine zweimotorige Uralt-Convair vom Museumstyp „CV-580" der „Namib-Air" hatte uns letztlich doch sicher auf der beängstigend kurzen Landebahn aufgesetzt. Wir — das war eine kleine Schar internationaler Journalisten. Anlaß: Der Besuch des Bayerischen Ministerpräsidenten Franz Josef Strauß im südlichen Afrika — und damit auch bei Buthelezi.

Der Zulu-Prinz hatte uns bereits in dem kreisrunden Konferenzraum seines riesig wirkenden Parlaments-Komplexes erwartet, kreisförmig auch der Konferenztisch, der mich ein bißchen an den — uns allen ja aus dem Fernsehen bekannten — Tagungs-Saal des New Yorker UN-Sicherheitsrates erinnerte.

Rund herum an der Wand die Fotos der internationalen Buthelezi-Bekannten mit persönlichen Widmungen: Kronprinz Charles mit einer strahlenden Prinzessin Di, US-Präsident Reagan mit Buthelezi auf einem der berühmten Kamin-Fotos im Oval-Office des Weißen Hauses — aber auch Buthelezi mit „meinem guten Freund" Franz Josef Strauß, Buthelezi mit Kohl und Buthelezi sogar mit Genscher (das Foto mit dem deutschen Außenminister ist als einziges schwarz weiß).

Buthelezi legte gleich am Anfang ein klares Bekenntnis zur wirtschaftlichen Weiterentwicklung Südafrikas ab: Ein künftiges freies Südafrika sei nur mit einer intakten Wirtschaft lebensfähig. Anschließend interviewte ich den Zulu-Führer.

Frage: Wieviel Prozent der Schwarzen hier unterstützen Ihre Politik der Gewaltlosigkeit zur Lösung der Rassenprobleme?

Buthelezi: „Das sind bestimmt 70 Prozent. Der radikale 'African National Congress' (ANC), der nur wenige Prozent der Schwarzen fest hinter sich weiß, bekommt dagegen aus dem Westen eine hohe finanzielle Unterstützung. Als überzeugter Christ muß ich häufig den Kopf schütteln, wenn besonders aus dem Bereich der im Weltkirchenrat vertretenen Kirchen üppige Gelder an den ANC fließen, die dann häufig wieder in gewalttätige Aktionen gesteckt werden."

Frage: Sie hatten hier heute eine sehr intensive Unterhaltung mit Franz Josef Strauß . . .

Buthelezi: „Herr Strauß hat hier eindrucksvoll unter Beweis gestellt, daß er die Rolle eines ehrlichen politischen Maklers sehr gut beherrscht. Das Gespräch mit ihm hier hatte hohe Substanz. Es gibt wohl nur wenige Politiker auf der Welt, die diese Rolle so fair ausfüllen können."

Frage: Sie haben sich ja auch schon mit Kanzler Kohl unterhalten . . .

Buthelezi: „. . . ja, dreimal . . . "

Frage: Und mit Außenminister Genscher?

Buthelezi: „. . . ja, ich traf ihn zweimal . . . "

Frage: Und haben die ihre politischen Ansichten über den Süden Afrikas geteilt?

Buthelezi: „Nun — meine Gespräche mit dem Außenminister waren sehr kurz. Aber ich hatte den Eindruck, daß der Kanzler meine politische Linie mit Wohlgefallen aufgenommen hat."

Frage: Wieviel Zeit geben Sie der regierenden NP, der „National Party", noch, um die Rassenfrage zufriedenstellend zu lösen?

Buthelezi: „Ich nenne hier ungern exakte Zeitvorstellungen. In den großen Problemen der Menschheit darf man vorrangig nicht auf die Uhr schauen — sondern man muß alle Kräfte mobilisieren, diese Probleme zu lösen. In dieser Frage weiche ich auch von den Positionen beispielsweise des Erzbischofs Tutu ab. Natürlich aber werden die Schwarzen wohl nicht noch zehn Jahre warten wollen, bis auch jeder von ihnen eine Stimme bei der Wahl hat."

Frage: Und wenn es doch noch länger dauert?

Buthelezi: „Dann werden die, die das Land mit Gewalt befreien wollen, hier leider einen immer stärkeren Zulauf finden."

Zurück nach Johannesburg ging's dann mit der guten alten Convair über das Zulu-Land: Unten in der Dämmerung die Bergkette, an der Shakas Nachfolger und Mörder, der neue König Dingan, einst 71 Buren-Treckführer bei einem gemeinsamen Friedens-Mahl, zu dem die Zulus eingeladen hatten, grausam erstechen ließ — eine teuflische Falle . . .

Wenig später unten der „Blood River", dieser auf makabre Weise so geschichtsträchtige Fluß, an dem 12 000 Zulus am 16. Dezember 1838 eine Wagenburg der Buren stürmen wollten — und Welle um Welle im Gewehrfeuer der Siedler zusammenbrach. 3 000 Tote zählten die Zulus damals. Der Fluß, dem diese Schlacht seinen schrecklichen Namen verlieh, soll noch tagelang vom Blut der Zulus rot gewesen sein.

Ein Asphaltband trennt gelben Sand von blauer See: Die Küstenstraße verbindet das friedliche Swakopmund mit dem Kriegs- und Handelshafen Walfish Bay.

Stacheldraht, Fotografier-Verbot — Walfish Bay, wichtigster Hafen an der Atlantik-Küste des südlichen Afrika, soll auch künftig bei Südafrika bleiben.

Walvisbaai, Walvis Bay, Walfish Bay: Drei Namen, eine Stadt: An diesen Dreiecken, als Ortsschilder in die Wüste gesetzt, beginnt Südafrikas Exklave.

Der Handelshafen von Walfish Bay: Nur wenige Schiffe löschen hier ihre Ladung. In statischer Geruhsamkeit ragen die Kräne in den Himmel . . .

Formations-Flug der Kormorane vor der Marine-Basis Walfish Bay, die bei Südafrika bleibt: An Namibias Atlantik-Küste gibt es zahlreiche Vogelparadiese.

An der Westküste Namibias zwischen Swakopmund und Walfish Bay liegt ein einmaliges Vogelparadies, das viele Touristen aus aller Welt anzieht. Hier nisten vor allem Pelikane (hier einer im Flug) und Kormorane (links).

Auch Bundesminister Dr. Friedrich Zimmermann (hier mit dem Buchautor bei einem Zufalls-Treffen in Swakopmund) suchte dort für ein Wochenende Erholung.

Was einer der führenden Köpfe des Schwarzen Widerstands von Wirtschafts-Sanktionen hält

Dieser Besuch im einst so hart umkämpften KwaZulu-Land und mein Treffen mit dem heutigen Zulu-Führer Buthelezi — noch lange habe ich daran zurückdenken müssen. Buthelezi ist also für einen friedvollen Weg aus der Apartheid, sieht auch nicht viel Sinn in westlichen Wirtschafts-Sanktionen gegen Südafrika. Ähnlich wie er denken auch andere führende schwarze Apartheid- Gegner.

„Von Sanktionen halte ich nicht viel", sagt mir beispielsweise jetzt auch in Johannesburg Dr. Aggrey Klaaste, der schwarze Chefredakteur der größten Farbigen-Zeitung, des „Sowetan". Wir sitzen uns in seinem Büro gegenüber, das so aussieht wie halt alle Chefredakteurs-Büros in aller Welt: Berge von Manuskripten, Fahnenabzüge, die über Klaastes Schreibtisch quellen, der Kaffee in der von Zeitungen halbverdeckten Tasse ist sicherlich schon längst kalt . . .

Dr. Klaaste gilt auch als einer der führenden Köpfe des politischen Widerstandes. Sanktionen, so meint er, hätten jedoch nur eine Erfolgs-Chance, wenn sie alle auf einmal in Kraft treten würden und sie nicht unterlaufen werden könnten. Aber das sei ja wohl reine Theorie. Sanktionen in der bisher praktizierten Art würden doch nur die Schwarzen selbst treffen, die ja als erste ihre Arbeitsplätze dadurch verlieren würden.

Klaaste: „Ich bin für ein 'Black Economic Empowerment', also für die wirtschaftliche Stärkung der Schwarzen und für ein 'Black Economic Development', für die gezielte Entwicklung der schwarzen Wirtschaftskraft."

Also für die forcierte Bildung eines schwarzen Mittelstandes?

Klaaste: „Nicht nur des Mittelstandes. Ich bin für eine generelle Stärkung der Schwarzen — ihrer Wirtschaftskraft, ihres Selbstwertgefühles."

Wäre eines Tages für ein Südafrika, das die Apartheid überwunden hat, seiner Meinung nach der Sozialismus die richtige politische Lebensform?

Klaaste: „Sozialismus, Kapitalismus, Kommunismus   ich halte überhaupt nichts von jeder Form des 'Ismus'. Sehen Sie mal", und er hebt bei diesen Worten kurz eine auf seinem Tisch liegende Stalin-Biographie hoch, „der Marxismus und der Leninismus — das mögen ja damals für den Osten Europas ganz interessante Theorien gewesen sein. Aber warum soll denn das, was ja letztlich für jene europäische Region aus der Problematik jener Menschen heraus eben für deren

Bedürfnisse entworfen worden war, nun ausgerechnet auch für Südafrika, für unsere Probleme, für unsere Bedürfnisse gelten? Solche Modelle sind doch in Wahrheit gar nicht übertragbar. Wir hier brauchen für unser Afrika eben maßgeschneiderte afrikanische Konzeptionen."

Ein paar — wie ich meine — bemerkenswerte Gedanken, die vor dem Hintergrund einer Rede von Kreml-Chef Gorbatschow, die dieser erst am 17. Mai 1989 in Peking gehalten hatte, ein beachtliches Eigengewicht bekommen. Denn fast identisch hatte der sowjetische Parteiführer dort in der „Großen Halle des Volkes" gesagt:

„Der Kommunismus sowjetischer Prägung kann kein Modell für andere kommunistische Länder sein. Die Auferlegung oder Nachahmung eines Modells, das noch dazu weit entfernt gewesen ist, untadelig zu sein, ist in der Vergangenheit die Ursache vieler Schwierigkeiten bei der Entwicklung des Sozialismus gewesen."

Meine nächste Frage an Chefredakteur Dr. Klaaste lautete nun: Braucht man in einer derartigen afrikanischen Konzeption dann hier überhaupt noch die Weißen?

Klaaste: „Ach, wir müssen doch endlich aufhören, in derartigen Klischees zu denken. Jeder, der wirklich guten Willens ist, hat eine Chance, an unserem neuen Afrika mitzubauen."

Sanktionen helfen nicht gegen die Apartheid, sie schaden vor allem der nicht-weißen Bevölkerung, meint auch L.T. Landers, Deputy-Minister im südafrikanischen Ministerium für Bevölkerungs-Entwicklung. Das wohl Besondere daran: Mr. Landers ist eines der nicht-weißen Kabinetts-Mitglieder in der südafrikanischen Regierungs-Mannschaft — er ist Mulatte, gehört also hier zur Bevölkerungsgruppe der „Coloured", der sogenannten „Farbigen".

Diese bürokratische Einteilung in vier Gruppen („Schwarze", „Weiße", „Farbige" und „Asians", die Inder) ist es vor allem, die uns Europäern — allein schon wegen ihrer pedantischen und so seelenlos wirkenden Amtsstuben-Akribie, mit der sie mancherorts noch immer betrieben wird — das Menschenfeindliche der Apartheid so sehr verdeutlicht.

Besonders der Status der „Farbigen" hier in Südafrika ist soziologisch ziemlich problematisch. Denn: Obgleich sie heute schon in vielen „weißen“ Berufen tätig sind — auch im Management oder, wie Mr. Landers, sogar im Kabinett —, sind sie letztlich keine „Weißen“, gehören aber andererseits auch nicht zu den „Schwarzen“. Gerade die „Schwarzen“ leben hier nämlich in klarer Zugehörigkeit zu ihren verschiedenen Stämmen, schöpfen daraus ihren Stolz, ihre Würde — und damit ihr Selbstbewußtsein. „Farbige“ aber haben nun mal keinen Stamm.

Unterstrichen wird das wohl auch dadurch, daß die Kriminalitäts-Quote bei den „Farbigen“ unvergleichlich höher liegt als bei den „Schwarzen“.

Übrigens — und auch das gehört zu den zahlreichen Dingen, die uns Europäer hier immer wieder vor überraschende Situationen stellen: Ich habe auf meinen Reisen durch das südliche Afrika auch jetzt wieder viele Schwarze getroffen, die eine gewisse Form der Rassentrennung — vor allem auch den Weißen gegenüber — künftig gern beibehalten würden.

Sicherlich: Auch die meisten von ihnen fordern dabei die völlige politische Gleichberechtigung — und damit „One Man one Vote“, also jedem Südafrikaner, egal welcher Hautfarbe, eine gleichwertige Wähler-Stimme. Doch das wäre wohl im Zuge einer völligen Rassengleichstellung erst die allerletzte Bastion, die das Buren-Regime freiwillig — und nur im Zusammenhang mit verläßlichen Sicherheits-Garantien für die weiße Minderheit — preisgeben würde.

Ich habe mich mit Minister Landers im „Zeezicht“-Restaurant zum Frühstück verabredet. Hier, im noblen Sea Point, einem direkt am Meer gelegenen Villen-Vorort von Kapstadt, ist die Bevölkerung im großen und ganzen noch so weiß wie die schmucken Häuser. Der erste Herbststurm des südlichen Afrika drückt in diesen April-Tagen des Jahres 1989 vom Atlantik her schwarze Wolken gegen den Tafelberg, treibt die Gischt meterhoch über die Kai-Mauern.

Wird die Zukunft genauso heftig über Südafrika herziehen?

Landers denkt nach, schaut auf das stürmische Meer hinaus und meint: „Unsere Entwicklung wird sicherlich stürmisch weitergehen. Die Uhren hier gehen jetzt dreimal so schnell wie anderswo. Aber ich bin mir ziemlich sicher: Es wird keine Turbulenzen geben. Gemeinsam werden wir in eine friedliche Zukunft gehen.“

An eine friedliche Zukunft glaubt auch der Abgeordnete S. van der Merwe von der linksliberalen PFP. Er ist einer der feurigsten Köpfe der Opposition. Wir haben uns im traditionsreichen „Old Colonial"-Restaurant zum Lunch getroffen. Die Wände sind in dunklem indischen Mahagoni gehalten, die Schiffsbilder sind britisch, die Wirtin kommt aus der Schweiz. Es gibt altholländischen Curry-Eintopf, gar nicht so schlecht.

Für Herrn van der Merwe, der vor allem auch bei der studentischen Jugend aller Schattierungen sehr beliebt ist, geht natürlich die regierende National-Partei bei ihren Reformen nicht schnell genug voran. „Aber", so der Linksliberale, „die Richtung stimmt wohl. Eine Wunder-Lösung gibt es für uns leider nicht." Wichtig sei es jedoch, die wirtschaftliche Entwicklung voranzutreiben: „Da müssen schnellere Fortschritte erzielt werden!"

Diese „wirtschaftliche Entwicklung der bisher Unterprivilegierten" will auf dem privaten Sektor auch Kurt von Schirnding ankurbeln. Der langaufgeschossene, graumelierte Südafrikaner mit dem deutschen Namen und den österreichischen Vorfahren, zählte bisher sicherlich zu den Privilegierten hier: Früher Botschafter seines Landes in Österreich und in der Bundesrepublik, versucht er heute, als Direktor der privaten „South Africa Foundation" die Möglichkeiten seines Institutes forciert auch Farbigen (wenn ich hier mal diesen Sammelbegriff in „deutscher Auslegung" für alle „Nicht-Weißen" anwenden darf) zugänglich zu machen. Herr von Schirnding, der übrigens „möglichst bald" CSU-Chef Theo Waigel als offiziellen Gast der Foundation nach Südafrika einladen will: „Gemeinsam können wir hier viel Positives bewirken."

Dennoch: Die deutsch-südafrikanischen Wirtschaftbeziehungen leiden natürlich unter der politischen Situation. Bernhard Skrodzki, jung, dynamisch und Justitiar der Deutsch-Südafrikanischen Handelskammer in Johannesburg, gibt zu: „Vor allem werden wir hier in unserer Kammer-Arbeit durch das knappe Geld behindert. Obwohl unsere Aufgaben noch vielfältiger ge-

Soweto: Eine Stadt voller Gegensätze: Hier spielen Kleine im gepflegten Kindergarten...

...an Straßenecken winken die Bewohner häufig Vorbeifahrenden zu...

...oder geben in Gesprächen (wie hier mit dem Autor dieses Buches) bereitwillig Auskunft über die Lebensbedingungen in ihrer Farbigen-„township"...

Die Farbigen-Vorstadt Soweto ist aber auch ein Ort der Armut...

...viele der 2,7 Millionen Einwohner wohnen in schrecklichen Slums...

...und fristen ihr kärgliches Leben in primitiven Wellblechbaracken...

Nur ein paar Straßen entfernt dann das „Soweto des Mittelstandes"…

…hier haben es die farbigen Bewohner zu Bungalow und Auto gebracht…

…dieser Ortsteil Sowetos wird von adretten Einfamilien-Häusern geprägt…

…die farbigen Besitzer gehen in Johannesburg geregelten Tätigkeiten nach…

Im „Millionärs-Soweto“ schließlich leben wohlhabende Farbige unter sich...

...schwarze und braune Geschäftsleute haben schmucke Bungalows gebaut...

...Garagen für ihren Fuhrpark und Wohnraum für Angestellte geschaffen...

...die eigenwillige Architektur steht im krassen Gegensatz zu den Slums.

worden sind, obwohl die Teuerungs-Welle natürlich auch uns erreicht hat, wurde unser Budget von Bonn eingefroren. Das reicht selbstverständlich jetzt vorn und hinten nicht. Dabei wäre unsere Arbeit doch gerade auch für die Farbigen so wichtig ... "

Die bisherigen Sanktionen aber machen sich im Export bisher noch nicht bemerkbar. Ein anderes Mitglied der Handelskammer („Erwähnen Sie bitte meinen Namen nicht") klärt mich auf: „Die Südafrikaner sind mehr auf ihren großen Binnenmarkt ausgerichtet und am Export gar nicht so sehr interessiert. Was sie aber wirklich zu uns bringen wollen, das schaffen sie auch. Was meinen Sie denn, wieviele Waren, die Deutschland beispielsweise aus der Türkei bezieht, gar nicht aus der Türkei sind ... ?"

Kritik an der Bundesregierung, vor allem aber an Bundesaußenminister Genscher („der nie ein Gespür für unsere Region gehabt hat") artikuliert Professor Dr. Jens Krüger, deutschstämmiger Südafrikaner, Vorsitzender des Deutsch-Südafrikanischen Kultur-Kreises. Ihn treffe ich mit mehreren Mitgliedern seines Zirkels in einem unerwartet exquisiten Restaurant, das in der Tribüne des riesigen Football-Stadions von Pretoria untergebracht ist.

Professor Krüger, der sich u.a. engagiert für Erhaltung und Verbreitung der deutschen Sprache im südlichen Afrika einsetzt, ärgert sich besonders darüber, daß der Schüler-Austausch zwischen Südafrika und der Bundesrepublik nach Bonner Meinung künftig nur noch dann aufrechterhalten bleiben soll, wenn es sich bei den südafrikanischen Schülern ausschließlich um Schwarze handelt. Krüger: „Man kann doch die Apartheid nicht mit Rassismus bekämpfen!"

Weshalb immer mehr Organisationen an Bonn vorbei ihre Deutschland-Kontakte knüpfen

In der Tat: Genschers Afrika-Politik bleibt für viele Südafrikaner aller Rassen ein Buch mit sieben Siegeln. Aber es gibt auch andere, die hier schnell mit einer Erklärung bei der Hand sind. „Genscher", so heißt es dann häufig – und unter Bezugnahme auf „verläßliche UNO-Quellen" –, „Genscher will doch UN-Generalsekretär Perez de Cuellar ablösen, wenn dessen Amtszeit am 31. Dezember 1991 abgelaufen ist. Aber dafür braucht der deutsche Außenminister möglichst viele Stimmen aus Dritte-Welt-Ländern. Doch diese sind, wen wundert's, ja fast ausnahmslos Feinde Südafrikas. Und bei denen muß er sich jetzt halt 'lieb Kind' machen." Mit einer unabhängigen und wirklich sachgerechten deutschen Afrika-Politik sei deshalb erst in der „Nach-Genscher-Ära" zu rechnen.

Auch der Autor dieser Reportagen und Eindrücke aus dem südlichen Afrika hatte bereits aus New York, Genf, Rom und auch aus Bonn von den angeblichen UN-Ambitionen Hans-Dietrich Genschers vernommen. Eine seriöse Bestätigung dafür war freilich nicht zu erhalten. Und darum bleiben sie für ihn auch reine Spekulation.

Indes: Um als Reporter ein möglichst detailliertes Stimmungsbild aus der Kap-Republik vermitteln zu können, soll diese Spekulation hier nicht unerwähnt bleiben, gibt sie doch die Gefühlslage vieler Südafrikaner auf recht typische Art wieder.

Im Zusammenhang mit dieser für sie ja recht undurchsichtigen Bonner Außenpolitik, versuchen heute viele südafrikanische Institutionen, an Bonn vorbei private Verbindungen nach Deutschland aufzubauen:

Dringend auch auf Geld aus der Bundesrepublik angewiesen ist beispielsweise die „Rural Foundation" in Stellenbosch, eine Organisation, die sich die soziale, bildungsmäßige, wirtschaftliche und kulturelle Entwicklung und Weiterbildung der Ärmsten der Armen, der farbigen Landarbeiter, zur Aufgabe gemacht hat.

Hermann Bailey, Direktor für Öffentlichkeitsarbeit der zum Teil auch mit Staatsgeldern arbeitenden „Rural Foundation", Farbiger, ehemaliger Sozialarbeiter, Deutschland-Fan, der seinen Vornamen deshalb auch deutsch ausgesprochen haben will („I'm not 'Hörmän', I'm 'Hermann'"), unterstreicht mir mit einer sehr einfachen Formel das Wesentliche des Programms:

„Hilfe zur Selbsthilfe." Bailey: „Immer mehr Dorfgemeinschaften wenden sich an uns, um von uns geschult und unterrichtet zu werden. Die Nachfrage ist dabei zur Zeit noch größer, als unsere Möglichkeiten."

Überall auf dem Land gibt es in diesem Sinne jetzt schon Schulen der „Rural Foundation", entstehen neue Familien-Häuser (nach „Rural-Foundation-Plänen"). Sehr hilfreich dabei — wenn aber auch immer noch nicht ausreichend — sind die Spenden aus der deutschen Großindustrie. Bailey: „Unser Modell ist der beste Weg zur wirtschaftlichen und sozialen Entwicklung der schwarzen Südafrikaner."

Es fällt wirklich auf: Zur Zeit wird auf dem sozialen Sektor viel getan in Südafrika. Dennoch gibt es auch hier natürlich eine unübersehbare soziale Schattenseite. Daran wurde man erst kürzlich erinnert, als die Kapstadter Tageszeitung „The Argus" auf ihrer Seite 1 in großer Aufmachung über die 60jährige Negerin Elsie Matutu berichtete, die ihre Nächte angeblich auf einer kleinen Verkehrsinsel mitten in der City, Strand-Straße Ecke Adderley-Straße, verbringt, gleich gegenüber dem beliebten Einkaufs-Zentrum „Golden Acre".

„Insel-Elsie" — so der Zeitungs-Bericht — würde dort von der Fürsorge und von den Spenden der Passanten leben. Auch das gibt's eben hier im so weltoffenen, wohlhabenden, modernen Kapstadt.

Auch sonst sind die sozialen Unterschiede häufig noch eklatant. Das wird mir wieder mal bewußt, als ich für ein Badewochenende zu Bekannten in das exklusive Küsten-Städtchen Hermanus, eine Autostunde östlich von Kapstadt gelegen, fahre. Nach dem Streß des lebhaften Links-Verkehrs dann die optische Belohnung: Entzückende weiße, reetdachbeschirmte Landhäuser, Fenster aus Butzenscheiben, prächtige Strände hinter weißen Dünen, kaum Schwarze. Holländisch-friesische Gemütlichkeit: Kampen und die anderen feudalen Sylter Urlaubsorte lassen grüßen . . .

Ähnliche Gedanken hat man bei einem Besuch des feinen „Country Clubs" im so britischen Pretoria. Man betritt plötzlich ein vergangenes Jahrhundert: Die golfspielenden Herren sehen hier, im feinen Vorort Waterkloof, alle so ein bißchen wie pensionierte schnauzbärtige Kolonial-Offiziere aus, die Ladys, ja, die sind eine ganz besondere optische Wucht – und das vor allem, wenn sie „Bowles“ spielen. Bei dieser – dem Boccia ähnelnden – Sportart tragen die Damen nämlich zu weißen Kleidern gewaltige weiße Krempen-Hüte. Bemerkenswert auch die Ernsthaftigkeit, mit der die Ladys bei diesem Spiel zur Sache gehen. Es darf (offensichtlich) nicht gelacht werden.

Auf der Rückfahrt dann der Kontrast: An einer Straßenecke steht ein alter Neger über eine geöffnete Mülltonne gebeugt und stopft sich dort irgendeinen Abfall in den Mund. Ja: Auch das ist leider Südafrika.

Und da stimmt es einen auch nicht fröhlicher, einen Abgeordneten der erzkonservativen „CP“, der „Conservative Party“, zu treffen. „Ich bin sicher, daß wir hier noch in 20 Jahren die Rassentrennung haben. Notfalls kämpfen wir dafür“, beteuert mir Mister L. F. Stofberg, Schatzmeister seiner Partei im Transvaal. Und dann ergänzt dieser offenkundig klassisch-dickschädelige Bure: „Die Schwarzen wollen es ja auch gar nicht anders. Jeder bleibt unter sich – das ist die beste Lösung. Und falls die NP-Regierung da nicht mitzieht, dann werden wir sie halt bei den nächsten Wahlen stürzen.“

Besucht man das „Voortrekker-Monument“ bei Pretoria, versteht man diese Buren-Mentalität etwas besser – auch wenn man sie deshalb nicht billigen muß. In großen marmornen Reliefs wird hier die Geschichte der Besiedlung des Landes durch die holländischen „Voortrekker“, die Siedler, geschildert: Wie sie mit Bibel, Ochsenkarren und Gewehr – aus der Kap-Region von den Engländern vertrieben – eine neue Heimat suchten, wie ihre von den Zulus eingeladenen Führer bei einem Gastmahl hinterrücks niedergemetzelt wurden, wie sie in der Schlacht am „Blood River“ gegen die Übermacht dann doch siegten und schließlich seßhaft wurden.

In dem benachbarten „Voortrekker-Museum“ fällt mir auf, daß wir diese gesamte optische Szenerie aus ungezählten Wildwestfilmen bereits kennen – aus der amerikanischen Siedlungs-Geschichte. Die Südafrikaner ziehen häufig diesen Vergleich. Und sagen dann schnell: „Die Amerikaner haben die Indianer ausgerottet. Die Australier haben dasselbe mit den Aboriginals getan. Wir aber haben den Schwarzen nichts getan, haben uns nur gewehrt – und uns dann

Die Jugend von Soweto, intelligent, witzig, freundlich: Fast alle forden die schnelle Abschaffung der Apartheid — aber kaum einer dieser jungen Burschen ist dafür, dieses Ziel durch Terror zu erreichen.

Bischof Tutu wohnt in Soweto in einem gelben Bungalow (oben). Vor den Fenstern sind schmiedeeiserne Ziergitter.

Kompromißlos in seinem Kampf . . .

. . . gegen die Regierung in Pretoria, muß der Anglikaner-Bischof Parolen schwarzer Mitbürger an seiner Gartenmauer hinnehmen, die sich gegen sein Eintreten für Wirtschaftssanktionen richten (links).

Dr. Aggrey Klaaste — ein führender Kopf des Schwarzen Widerstandes.

Der „Sowetan"-Chefredakteur hält wenig von Wirtschafts-Sanktionen.

Das führende Farbigen-Blatt gilt als Meinungs-Zentrum der schwarzen Opposition.

Selbstbewußte schwarze Schönheit: Vor allem junge Farbige haben — so wie Ntobi, das Zulu-Mädchen aus dem Reisebüro (vergl. Seite 70) — ein neues Selbstwertgefühl entwickelt. Ntobi findet auch nichts dabei, in Soweto zu leben: „Warum auch? Wir haben ein schönes Haus.“

Kontraste: Für Fremde immer wieder verblüffend der Charme und die Fröhlichkeit der Kinder von Soweto ...

... wenn es natürlich auch hier etliche Lausbuben gibt. Diese drei an der Ecke hat die Kamera jedenfalls ganz offensichtlich bei der Planung einer „Missetat“ ertappt ...

wieder vertragen, weil in diesem großen Land Platz für alle ist. Und ausgerechnet diese Amerikaner, die alle Indianer praktisch vernichtet haben, zeigen jetzt mit dem Finger auf uns ... "

Mit dem Finger zeigt die Weltöffentlichkeit aber auch immer wieder auf entsetzliche Vorfälle, bei denen sich dann die internationalen Gegner des Buren-Regimes in ihrer Skepsis, in ihrer Ablehnung, in ihrem, ja, auch in ihrem Haß bestätigt fühlen, die konstruktiven Kräfte des Landes dagegen immer ganz mutlos werden:

- So, als in den Mai-Tagen 1989 weiße Rassenfanatiker einen weißen Bürgermeister, der sich für die Rechte der Farbigen eingesetzt hatte, kurzentschlossen teerten und federten.
- So, als der weiße Bürgerrechtler David Webster von einem weißen Killer-Kommando ermordet wurde.
- So, als aus dem offensichtlich gleichen Grund der weiße Arzt Dr. Rick Turner vor den Augen seiner Tochter erschossen wurde.
- So, als der farbige Arzt Dr. Ribero und seine Ehefrau in ihrer Wohnung in Pretoria weißen Attentätern zum Opfer fielen.

Nur vier Fälle von vielen. Und das besonders Verhängnisvolle daran: Die Polizei konnte — trotz einer Fülle von Augenzeugen-Hinweisen — in keinem der Fälle die Täter fassen ...

Und auch der Rückfall in finsterste Apartheid-Zeiten im kleinen Städtchen Boksburg im Osttransvaal, wo die Stadtverwaltung auf eigene Faust unvermittelt wieder schärfste Rassentrennungen eingeführt hatte, sorgte in der Weltöffentlichkeit für erhebliche Irritationen.

Dennoch zeigte sich gerade in Boksburg, daß das Rad der Geschichte nicht mehr zurückzudrehen ist. Denn: Die Schwarzen riefen nun zu einem Boykott der weißen Läden auf. Folge: Einer nach dem anderen machten die weißen Geschäftsinhaber pleite. Das vom „Sowetan"-Chefredakteur Dr. Klaaste so engagiert propagierte wirtschaftliche „Black Economic Empowerment" hatte die ewig Gestrigen in die Knie gezwungen.

Terror gibt es aber auch auf der anderen Seite:

- Da fliegen Bomben in Kinos, Parkhäuser, Supermärkte (vor jedem Geschäft stehen deshalb

Angehörige von privaten Sicherheitsdiensten, um jede Handtasche, jeden Mantel nach eventuell versteckten Explosions-Körpern zu durchsuchen).

- Da erzählte mir der 18jährige Xhosa Daniel, ein Kfz-Mechaniker aus Soweto, wie schwarze Extremisten – angeblich vom militärischen Flügel des ANC – seinen Nachbarn mit einer sogenannten „Neck-Lace" *(„Nacken-Lasche"; der Autor),* einem mit Benzin gefüllten Autoreifen, der ihm über die Schultern gezogen und dann angezündet worden war, zu Tode geschmort hatten.

Warum, Daniel?

Der junge Automechaniker, in der Erinnerung dieser grauenvollen Hinrichtung plötzlich von Weinkrämpfen geschüttelt: „Mein Nachbar war Briefträger, er hat damit ja wohl für die Regierung gearbeitet, oder?" Und dann wieder laut schluchzend: „O Gott, ich weiß es nicht, was sie von ihm wollten, aber er war ja Briefträger, das war's sicher, ja, das war's . . . "

Friedlicher geht es zur Zeit in Südafrikas sogenannten „Homelands" zu, in denen eigene Regierungen mit einer weitgehend eigenständigen Verwaltung eingesetzt sind. Neben dem wirklich autonomen Königreich Lesotho sind das vor allem die Enklaven Bophuthatswana, Transkei, Ciskei, Venda und Swasiland. Indes: Pretoria machen sie dennoch Kummer, denn: Die UNO hat bisher keine dieser „farbigen Inseln" auf der südafrikanischen Landkarte anerkannt . . .

Ab und zu kommt es in diesen „Homelands" dann auch schon mal zu einem Putsch, zuletzt beispielsweise 1988 in Bophuthatswana. Doch südafrikanische Truppen hatten auch diesen Aufstand schnell im Griff und retteten damit den – zu Pretoria in recht guter Harmonie stehenden – Präsidenten Dr. Lucas M. Mangope.

Hauptattraktion von Bophuthatswana ist übrigens das „afrikanische Las Vegas", die aus dem Boden gestampfte und bunt-wirbelige „Spieler-Stadt" Sun City, benannt nach der immensen „Sun Hotel"-Kette des deutschstämmigen Groß-Hoteliers Sol Kerzner. Und da es in Bophutatswana keine Rassengesetze (und damit auch keine Apartheid) gibt, nimmt halt so mancher weiße Jung-Manager aus Johannesburg hierher eine schwarze Freundin mit — oder lernt in Sun City eine kennen.

Der regierenden „National Party" kann man sicherlich unterstellen, daß sie mit den „Homelands" zu ihrer eigenen Entlastung auch Ventile für den enormen Rassen-Druck im eigenen Land schaffen wollte — vielleicht auch als Vorstufen zu einem künftigen nationalen Völker-Bund nach Schweizer Art, wie er hier am Kap zur Zeit als mögliche Zukunfts-Lösung diskutiert wird, und bei dem dann auch die Weißen ihre eigenen „Kantone" bekommen würden.

Viele Überlegungen also, dem Rassenproblem die Spitze zu nehmen. Was ihre gesamte Rassenpolitik anbetrifft, so kann man der „NP" aber sicherlich auch abnehmen, daß sie die Irrsinns-Taten politisch weit rechts stehender Ultras im Lande mit am meisten bedauert, gefährden sie doch das von der Regierung in vielen — und immer neuen — Schritten glaubwürdig angestrebte Miteinander aller Rassen.

Sicherlich: Gerade auf diesem Sektor würde man sich wünschen, daß die „NP" endlich „mehr Gas gibt". Dennoch: Mit 141 Gesetzen, Verordnungen und Geboten zur Aufhebung der Rassentrennung allein in den letzten fünf Jahren hat die gemäßigt-liberale Regierungspartei durchaus Fortschritte vorzuweisen — und vom Stabwechsel von ihrem langjährigen Führer P. W. Botha zu seinem Nachfolger F. W. de Klerk erwartet ein großer Teil des Parteivolkes hier durchaus noch eine deutliche Steigerung.

Und so konnte es eigentlich auch kaum mehr überraschen, daß Südafrikas Außenminister Roelof „Pik" Botha — auch eines der bemerkenswerten Ereignisse dieser für das südliche Afrika so entscheidenden April- und Mai-Wochen des Jahres 1989 — am 27. Mai nach Rom flog, um dort mit US-Außenminister James Baker über die Zukunft der Kap-Republik zu konferieren.

Botha, der zuvor auch schon mal laut über einen schwarzen Präsidenten für Südafrika „nachgedacht" hatte, erklärte nach diesem Baker-Gespräch, *er habe dem US-Außenminister versichert, die weiße Regierung akzeptiere, daß die Vorherrschaft der Weißen enden müsse. Die in Südafrika regierende Nationale Partei anerken-*

ne, „daß das System der Rassentrennung abgeschafft" werden müsse. Die Regierung seines Landes werde ihr Reformprogramm fortsetzen, gleichgültig, ob schwarze Oppositionsgruppen zu Gesprächen über eine Beendigung der Rassentrennung bereit seien oder nicht. Die südafrikanische Regierung sei bereit, mit allen Parteien zu sprechen, die auf Gewalt zur Durchsetzung politischer Ziele verzichten würden.

Baker erklärte nach dem Gespräch mit Botha: „Der Minister wies uns darauf hin, daß es die Absicht der südafrikanischen Regierung ist, das System der Apartheid abzuschaffen, und wir freuen uns, das zu hören." Und US-Präsidialamts-Sprecher Marlin Fitzwater ergänzte, das Treffen eröffne vor allem die Möglichkeit, einen Dialog zu eröffnen „und unseren Einfluß für politische Ziele auszuüben, die wir seit langem formuliert haben: die Abschaffung der Apartheid mit friedlichen Mitteln".

Fitzwater weiter: In Südafrika vollziehe sich (nach den Parlamentswahlen vom 6. September 1989; der Autor) ein Regierungswechsel, und Baker habe diese Gelegenheit wahrgenommen, die möglichen Veränderungen zu sondieren.

Ganz klar: Ein Hinweis auf die erwartete Übergabe der Regierungsverantwortung von P. W. Botha an F. W. de Klerk, für den US-Außenminister James Baker an diesem 27. Mai 1989 bereits eine General-Einladung nach Washington aussprach.

Am 29. Juni 1989 hat dann die südafrikanische Regierungspartei schließlich ihr Manifest für die Wahlen am 6. September vorgelegt: Zum Auftakt eines Parteitages der National Party verlas F. W. de Klerk einen Fünf-Jahres-Plan, in dem ohne Verzicht auf die Rassentrennung eine Gleichberechtigung der schwarzen Bevölkerung angekündigt wurde. Der designierte Staatspräsident versprach „eine neue demokratische Regelung", die allen Südafrikanern „volle politische Rechte einräumt". Die Aufteilung der Nation solle zwar strikt beibehalten werden, jedoch sei eine „offene" Gruppe vorgesehen, die keine Rassentrennung kenne. Auf dieser Grundlage könnten beispielsweise auch legal gemischte Wohngebiete entstehen.

Die Banken-, Diamanten- und Goldmetropole Südafrikas: Johannesburg ist heute eine der brodelndsten, modernsten und vitalsten Großstädte der Welt.

Unerschütterlich ist ihr Kampf gegen die Apartheid: Nelson und Winnie Mandela auf einem Foto aus dem Jahr 1958.

Inhaftiert: Mandela, Kampf-Kommandant des ANC, 1961. Seither . . .

. . . gibt es von ihm — trotz gelockerter Haftbedingungen — nur Zeichnungen.

Das Ansehen von Winnie Mandela, hier mit ihrem berüchtigten „Football Club Mandela United", ihrer jugendlichen Leibgarde, ist inzwischen in Soweto ziemlich ramponiert. Grund: Der mysteriöse Folter-Tod des 16jährigen Stompie, der bei ihr im Haus lebte. Als kurz darauf eines der beiden Häuser von Frau Mandela brannte, „schauten alle Nachbarn weg", alarmierte niemand die Feuerwehr. In Afrika ein sicheres Indiz dafür, in Ungnade gefallen zu sein.

Unter großer Anteilnahme wurde Stompie zu Grabe getragen. Einige Anti-Apartheids-Organisationen sagten sich nach seinem Tod von Frau Mandela los.

Ein weitausladender Feigenbaum in der Savanne: Die Eingeborenen hier im Süden Afrikas erzählen: Gott läßt ihn deshalb so wachsen, damit Antilopen und Rinder, Zebras, Kudus und Springböcke — aber auch Löwen und Leoparden — in seinem Schatten Schutz vor der sengenden Mittags-Sonne finden können . . .

Die Wege der Kirchen aus der Apartheid: Kampf? Oder doch Dialog? Was führt zum Erfolg?

Deutlich darauf hingewiesen werden muß hier aber auch, daß die großen Kirchen maßgeblich auf diesen Liberalisierungs-Prozeß der Regierung hingewirkt haben, wobei hier wohl der katholische Erzbischof Stephen Naidoo, die Methodisten Stanley Mogoba und Dr. Khoza Ngoja, der (in Regierungskreisen ob seiner scharfen Argumentation zwar nicht sonderlich geschätzte) Präsident des Weltbundes der Reformierten Kirchen Dr. Allan Boesak, Dr. Dirk Hattingh von der Niederländisch-Reformierten Kirche sowie die Reverands Michael Nuttall (der Bischof von Natal), Frank Chikane und Syd Luckett besonders hervorzuheben sind.

Anders als beispielsweise der so engagierte Anglikaner Tutu, der zu der Regierung auf einen totalen Konfrontations-Kurs gegangen ist, haben diese Geistlichen in hartnäckig-drängenden Dialogen der regierenden „National Party“ letztlich Punkt für Punkt beispielsweise die jüngsten Aufhebungen der Rassenschranken mit abgerungen: In der Sache hart – aber immer im Gespräch mit Pretoria. Ob ihr Weg letzten Endes erfolgreicher sein wird, als der von Tutu? Schwer zu sagen. Aus heutiger Sicht sieht es jedenfalls so aus, als ob der spürbare Erfolg ihrer Taktik recht geben sollte.

Übrigens: In keinem anderen Land – nicht mal in den USA – gibt es eine derartige Vielzahl christlicher Gruppierungen, wie in Südafrika:

- 5,2 Millionen Christen gehören nach den aktuellsten Erhebungen diversen christlichen Bantu-Sekten an,
- 3,8 Millionen sind in den drei (!) reformierten Kirchen organisiert,
- 2,4 Millionen sind Katholiken,
- 2,2 Millionen Methodisten,
- 1,6 Millionen Anglikaner,
- 0,9 Millionen Lutheraner,
- 0,5 Millionen Presbyterianer und
- 0,3 Millionen Kongreationalisten.

Dazu kommen noch:

- 0,7 Millionen Moslems,
- 0,5 Millionen Hindus und
- 0,2 Millionen Juden.

Der „Rest“ der heute rund 24,6 Millionen Südafrikaner, also etwa 6,3 Millionen, gehören Natur-Religionen an – oder sind letztlich Atheisten.

Doch um hier das Zahlenmaterial gleich zu komplettieren: Von den 24,6 Millionen Südafrikanern werden „amtlich“

- 67 Prozent den „Schwarzen“,
- 18,7 Prozent den „Weißen“,
- 10,7 Prozent den „Farbigen“ und
- 3,3 Prozent den „Asiaten“ zugeordnet.

Wie gesagt: Vor allem in den letzten fünf Jahren sind viele Apartheids-Gesetze — sicherlich auch durch das stetige Anschieben der Kirchen — von der Regierung außer Kraft gesetzt worden. Doch vieles ist noch bis zur endgültigen und vollständigen Gleichstellung aller Rassen im Kap-Staat zu tun. Programmatisch höchst interessant in diesem Zusammenhang ist deshalb sicherlich die Rede des bisherigen Ministers für Verfassungs-Planung und -Entwicklung Chris Heunis, die dieser — genau eine Woche vor seiner überraschenden Ankündigung, im Juli 1989 aus der Regierung auszuscheiden — noch am 5. Mai des gleichen Jahres vor dem Parlament in Kapstadt gehalten hatte.

Anzumerken wäre hier vielleicht noch, daß Heunis 1984 maßgeblich dazu beigetragen hatte, daß damals erstmals Farbige und Inder in das Parlament kommen konnten.

In dieser Heunis-Rede vom 5. Mai wurde nun der Liberalisierungs-Kurs der „National Party“ auch für die kommenden Jahre festgeschrieben. Hier ein Auszug:

„Was sind unsere Perspektiven für Südafrika? Es sind die des Fortschritts, der Sicherheit und der Gerechtigkeit, einig in der Entschlossenheit, aus all unseren Gemeinsamkeiten heraus eine so eindrucksvolle wie vielschichtige Gesellschaft zu schaffen. Unser Ziel ist dabei ein demokratisches Südafrika mit einer Regierung, an der alle beteiligt sind, ein Südafrika der Gleichheit aller Menschen, aufgebaut auf dem Schutz des Einzelnen, der Gruppeninteressen und des Rechts.

Wir wollen hier ein Südafrika haben, das — nach 300 Jahren voller Mißverständnisse, voller Mißtrauen, voller Konflikte — sich in eine vollständig demokratische Gesellschaft verwandelt, mit einer auf alle verteilten und von allen mitgetragenen Regierungsverantwortung.

Wir würden uns hier ein Südafrika wünschen, in dem die Mißstände der Vergangenheit tot und begraben sind — und in dem wir alle aufrecht gehen können. Das ist unser Zukunftsbild von Südafrika.“

Beachtliche Sätze, die noch vor ein, zwei Jahren völlig undenkbar gewesen wären . . .

Dennoch muß die “National Party“ jetzt aufpassen: Mit der fortgehenden Liberalisierung der Rassengesetze hat sich auch ein neues weißes Proletariat gebildet, das zunehmend einerseits in den rassistischen Unheilslehren der faschistischen AWB, der „Afrikaaner Weerstandsbeweging“ (wie sie sich im Afrikaans nennt) und ihres rechtsradikalen Führers Eugene Terre‘Blanche („Weiße Erde“ — welch passender Name für diesen Apartheids-Verfechter) sowie andererseits in den Kraft-Sprüchen der „Konservativen“, der CP-Falken, seine Zukunft sieht.

Für Terre‘Blanche, der seine „Afrikaner-Widerstands-Bewegung“ unter Hakenkreuz-ähnlichen Fahnen marschieren läßt, waren diese April-Tage des Jahres 1989 privat indes sicherlich nicht besonders erfreulich: Nachts hatten ihn Polizeibeamte in der Grünanlage eines Denkmals aufgegabelt — was Südafrikas „Übermenschen“ schließlich vor den Richter brachte.

Denn: Terre‘Blanche war bei seiner nächtlichen Stippvisite in der Grünanlage nicht nur nicht allein gewesen — er hatte dabei auch das verschlossene Tor der Denkmals-Umzäunung aufgebrochen. Das aber brachte ihm jetzt eine Anklage wegen Denkmalsbeschädigung ein.

Die Frau an seiner Seite identifizierten die Beamten schließlich als die bekannte „Sunday Times“-Kolumnistin Jani Allen, ein ehemaliges Fotomodell, blond und äußerst attraktiv. Da Biedermann Terre‘Blanche aber seit Jahren als gut verheiratet galt, brachte dieses nächtliche Intermezzo ihm nun — trotz des letztlich ergangenen Freispruchs — recht unerwünschte Schlagzeilen ein.

Übrigens: Während der Verhandlung waren vor dem Gerichtsgebäude mit Sturmgewehren bewaffnete Mitglieder seiner „Bewegung“ als „Ehrenwache“ aufgezogen . . .

Mandelas engster Mitstreiter Sisulu — warum die Regierung nun seine Freilassung beschloß

Indes: Trotz der weißen Ultras des Herrn Terre'Blanche, trotz der konservativen „Falken" der CP: In Südafrikas Regierungskreisen herrschte in diesen so wichtigen April- und Mai-Wochen eindeutig die Meinung vor, daß unter F. W. de Klerk der Weg des Landes in eine Zukunft ohne Apartheid steil nach oben führen wird. Die Tragik dieser Regierung ist es aber, daß ausgerechnet sie, die bereits Beträchtliches für den Abbau der Rassenschranken getan hat, im westlichen Ausland damit bisher kaum Pluspunkte gewinnen konnte, ja, daß das „Botha-Regime" in unserer häufig so undifferenzierten Betrachtungsweise, die zumeist mehr von weitergereichten Vorurteilen denn von Sachkenntnis getrübt ist, sogar zu einem „Symbol der Apartheid" hochstylisiert worden ist.

Wie sehr die Liberalisierung in Südafrika nämlich von Jahr zu Jahr dynamisch zunimmt, kann man häufig an eigentlichen Kleinigkeiten registrieren, die einem in der Summe dann aber hier ein völlig neues Lebensgefühl vermitteln.

Beispiel: Das Konzert zweier beliebter farbiger Musikgruppen im Baxter-Theater von Kapstadt. „Sound of Africa" nennt sich der Abend. Das Theater ist knackvoll. Der Afro-Jazz ist mitreißend, die Musiker sind super und schwarz. Das Publikum ist zumeist jung und weiß. Fast alle Texte haben den Kampf gegen die Apartheid zum Inhalt. Und nach jedem Lied wird das Publikum aufgefordert („Brother, help us"), die Rassenschranken endlich beseitigen zu helfen. Eine Demonstration, die ebenfalls vor wenigen Monaten noch unvorstellbar gewesen wäre.

Weiteres Beispiel: Das Oberste Gericht in Pretoria verurteilte am 25. Mai 1989 den südafrikanischen Amokläufer Barend Strydom, 35, der im November 1988 in der Innenstadt von Pretoria sieben Schwarze erschossen hatte, zum Tode.

Warum das bemerkenswert ist? Nun: Barend Strydom ist immerhin ein Weißer . . .

Auch die Regierung reagiert heute auf vielen Sektoren anders als früher: Wohl als erster Journalist erfuhr der Autor dieses Buches im April 1989 aus bestinformierten Kreisen, daß man „demnächst" den 1963 wegen „Hochverrat" zu lebenslänglicher Haft verurteilten ehemaligen Generalsekretär des „African National Congress" (ANC), den radikalen Widerstandskämpfer Walter Max Sisulu (77), aus der Haft entlassen werde.

Erläuterte dem Bayerischen Ministerpräsidenten Franz Josef Strauß 1988 in Ulundi, der Hauptstadt des KwaZulu-Landes, sein Programm zur gewaltlosen Beseitigung der Apartheid: Dr. Mangosutho Gatsha Buthelezi, gläubiger Christ, Führer des Sechs-Millionen-Volkes der Zulus, der größten Volksgruppe Südafrikas.

Ein Fall, der in Sü
afrika für viel Wi
sorgte: Als 1987 i
der Region von P
Retief, im nördli-
chen Transvaal, a
den Zufahrtsstraß
mehrere von Terr
risten gelegte Mi
explodiert waren,
wurden die weiße
Kinder in gepanz
ten „Casspirs"-Fa
zeugen der Polize
zur Schule gefahr
Schwarze Kinder
so jedenfalls die Z
tungen — hätten
dagegen zu Fuß g
hen müssen. Dera
ge Fälle haben vo
allem in den zurü
liegenden Jahren
immer wieder da
Klima zwischen
Schwarz und We
nachhaltig vergif

Ob in Uniform, ob in Zivil: Das Auge des Gesetzes ruht wachsam auf dem Geschehen in der Buren-Republik. Trotz aller Liberalisierungs-Fortschritte: Noch tut sich Südafrika ziemlich schwer, von seinen alten Sicherheits-Mechanismen Abschied zu nehmen.

Südafrikas Staatsmacht: Ein Gardesoldat vor dem Parlamentsgebäude in Kapstadt...

...aufmerksame Blicke des Verkehrspolizisten in der Regierungshauptstadt Pretoria...

... sowie seines motorisierten Kollegen in Johannesburg (rechts). Werden sich die politischen Vorgänge im benachbarten Namibia auch auf die gewohnte Ordnung im Burenstaat auswirken?

Der frühere Grundstücks-Makler und spätere Verfechter einer kompromißlosen weißenfeindlichen Politik gilt als einer der engsten Mitstreiter des seit 27 Jahren wegen verschiedener Terror-Aktionen inhaftierten „Kampf-Kommandanten" des ANC, Nelson Mandela. Sisulus Freilassung aber ist ganz klar als „Testfall" auch für die Entlassung von Nelson Mandela zu verstehen.

Rückenwind bekommt die Regierung inzwischen auch aus einer völlig unerwarteten Richtung: Gorbatschows Perestroika hat auch ein wenig frischen Ost-Wind in die Hitze Pretorias getragen. Plötzlich reden die Russen — wenn auch noch möglichst heimlich — wieder mit Südafrika: Außenminister „Pik" Botha hat sich im April 1989 zweimal im benachbarten marxistischen Mosambik mit sowjetischen Kreml-Politikern getroffen. Und anläßlich des 100jährigen Bestehens des südafrikanischen Rugby-Verbandes wurde jetzt bekannt, daß die Sowjets ein südafrikanisches Rugby-Team nach Moskau eingeladen haben. Noch in diesem Sommer will man dort erstmals gemeinsam um das Leder-Ei kämpfen.

Erinnern wir uns: Die amerikanisch-chinesische Versöhnung fing einst mit Pingpong an. Washington wird jetzt aufmerksam nach Südafrika blicken. Auf alle Fälle aber scheint Südafrikas Politik in Bewegung geraten zu sein.

Die Apartheid jedenfalls findet für die meisten internationalen Unternehmen in Südafrika heute schon gar nicht mehr statt. Generell forciert gerade die Wirtschaft unermüdlich den Liberalisierungs-Kurs. Beispielsweise Siemens, BP und BMW haben die Rassenschranken intern bereits total eliminiert:

Walter Hanne von Siemens in Pretoria erzählt mir, wie man vor Jahren einfach die Trennwände aus der Kantine entfernt habe. Das sei der generelle Start zum Abbau aller Rassenschranken gewesen — und nun würden Schwarz und Weiß bei Siemens in selbstverständlicher Eintracht nebeneinander arbeiten. Apartheid? Hanne: „Bei Siemens — nein Danke!"

Bei BP in Kapstadt berichtet man mir, wie man alte und ziemlich verkommene Stadtviertel in Eigeninitiative sanieren helfe. Das nächste Gebiet sei der soziologisch nicht unproblematische „District Six" direkt neben der City. Und natürlich sollen hier Schwarz *und* Weiß nebeneinander wohnen.

BMW-Chef Dr. Walter Hasselkus, den ich in seinem Werk bei Rosslyn besuchte: „Bei uns entscheidet nur die Leistung — nicht die Hautfarbe oder das Geschlecht. Gleiche Arbeit wird absolut gleich bezahlt."

In der Tat arbeiten hier der schwarze Alfred und die weiße Antje Seite an Seite. Die Oberaufsicht an den Fertigungs-Straßen haben oft Schwarze, die dann die Arbeit von Weißen zu begutachten haben.

Bei BMW findet man das „ganz normal". Das wird dann für mich noch durch einen Besuch des BMW-Kindergartens unterstrichen, den Dr. Walter Hasselkus mir noch schnell zeigt: In der Mittags-Ruhestunde dösen hier Schwarzköpfchen und Blondschöpfchen friedlich nebeneinander auf ihren Ruhematten. Die Kleinen von BMW machen es ganz Südafrika vor, wie es künftig gemeinsam weitergehen könnte.

Knapp 300 Kilometer östlich von Rosslyn, im Nachbarland Mosambik, gibt es ein Schwarz-Weiß-Problem eigentlich schon lange nicht mehr, dafür hat man dort aber Sorgen von ganz anderer Art:

Die ehemalige portugiesische Kolonie am Indischen Ozean, seit der Entlassung in die Unabhängigkeit im Jahre 1975 „Sozialistische Volksrepublik", wurde in diesen knapp 14 Jahren trotz der reichen Bodenschätze (u.a. Kohle, Eisenerz, Mangan, Nickel, Titan, Uran, Edelsteine) und trotz des fruchtbaren Bodens (u.a. Tee, Baumwolle, Zuckerrohr, Mais, Kopra, Bananen, Zitrusfrüchte) total heruntergewirtschaftet.

Geht man heute durch die Straßen der Hauptstadt Maputo (früher: Lourenco Marques), seinerzeit als „Perle der Delagoa-Bai" gerühmt und damals eine der beliebtesten Urlaubs-Städte Afrikas, dann kann einen schon eine gehörige Portion Wehmut überkommen: Leer die einst so eleganten Läden, teilweise geschlossen, mit Brettern vernagelt — oder aber mit zersplitterten Schaufensterscheiben.

Kaum Betrieb im Hafen, früher der viertgrößte Afrikas, pulsierend, dynamisch — heute dümpeln dort nur ein paar verloren wirkende Ostblock-Frachter vor sich hin. Oder das einst so prächtige Hotel „Polana" – ab ist nun der Lack, das Haus wirkt heute recht heruntergekommen. Indes: Den russischen Offizieren, die sich in der Halle sichtlich langweilen, scheint's egal zu sein.

Überall in den Straßen Gruppen junger Männer, ratschend, sich offensichtlich ebenfalls langweilend. Arbeitslose?

„Unter Sozialismus verstehen die doch hier, daß – unter Gleichen – jetzt keiner einem anderen mehr die Arbeit vorschreiben darf. Denn sozialistische Brüder sind doch schließlich freie, unabhängige Menschen, die keine Anweisungen entgegennehmen müssen. Darum haben die meisten die Arbeit auch ganz aufgegeben – und an diesem Mißverständnis krankt hier die ganze Wirtschaft", erklärt mir spöttisch ein älterer Portugiese, Arzt, der „damals", beim Abrücken seiner Landsleute im Jahr 1975, im Land geblieben war („Ich wurde ja schließlich hier geboren"). Heute ist er Mosambiker – und zumeist traurig. Aber: „Soll ich mit meinen 72 Jahren denn noch in das mir ja völlig fremde Portugal auswandern . . ?"

Das letzte Mal war ich im Januar 1988 in Mosambik gewesen. Schwer litt das Land damals unter den Angriffen der „Renamo"- Rebellen gegen das kommunistische „Frelimo"-Regime. In meinem Reporter-Tagebuch hatte ich die wirren Vorgänge jener Januar-Tage als Momentaufnahme wie folgt festgehalten:

Warm klatscht der afrikanische Regen gegen die Fensterscheiben des Taxis, das mich in die westlichen Vororte der Millionenstadt Maputo bringt. Quietschend legt sich der schon arg ramponierte Lada in die engen Kurven. Hier, in der Oberstadt, der alten portugiesischen „Cidade de Cemento", wohnen heute die Funktionäre der marxistischen Frelimo-Regierung Mosambiks: die Minister, Vizeminister und privilegierten Partei-Bonzen. Martialisch wirkende Wachposten in getigertem Kampfdreß und den hier so typischen – hinten und vorn mit einem Schirm versehenen – Militärmützen stehen vor den alten weißen Villen, zeigen dem vorbeifahrenden Taxi stolz ihre Kalaschnikows.

Weiter geht's. Joaquim Irmaos, der Fahrer, erzählt in seinem drolligen Englisch von einem Wunder: „Regen im Januar – das habe ich hier noch nie erlebt." Verrrückt: Als ich in Deutsch-

land abreiste, wartete man dort noch vergeblich auf den Winter. Verkehrte Welt ...

Jetzt wird Joaquims Lada langsamer, hält schließlich: „Now we must return", jetzt müssen wir umkehren, meint er. Wir haben den Rand der Sicherheitszone erreicht, hinter der das „Renamo-Land" beginnt.

Die „Renamo" — die Untergrundbewegung, die der marxistischen Frelimo-Regierung hier das Leben so schwer macht. Sie kontrolliert im Westen wie im Süden das Land: Ein erbitterter Krieg, in dem man kaum Gefangene macht.

Wie man hier erzählt, waren kürzlich acht Deutsche die Opfer, acht Militärberater aus der DDR, die sich in einem Kleinbus ins Renamo-Land gewagt hätten. Der Bus geriet in einen Hinterhalt der Renamo-Kämpfer. Keiner der Deutschen überlebte ...

Rund 800 Militärspezialisten aus der DDR wirken hier, gemeinsam mit etwa 3 000-Sowjet-Experten, die — im Gegensatz zu den Deutschen Ost — meist ihre Familien mitgebracht haben. Doch was dabei im Hotel „Polana", der einzigen einigermaßen funktionsfähigen Herberge in Maputo, auffällt: DDRler und Russen sitzen in den Hotelhallen und Speisesälen meist getrennt, gehen sich auch sonst aus dem Weg. Die große Liebe zwischen den „sozialistischen Brüdern" — in Afrika findet man sie nicht.

Etwas unglücklich wirken hier auch die — meist recht voluminösen — blonden Sowjet-Mamas, in einen ewigen Kleinkrieg mit ihren Kindern verstrickt, trotz des Regens (das Thermometer sinkt auch jetzt nicht unter die 37-Grad-Marke) unaufhörlich und heftig schwitzend, ihre Kommandos an die Kinder (mit ihren so typischen hohen „Russenstimmen") über den Swimmingpool sowie die Spielplätze sendend.

Trotz der sowjetischen Militär-Unterstützung sowie der Hilfe zahlreicher ostdeutscher, tschechischer und kubanischer Militär-Experten, glaubt die Regierung von Mosambik heute nicht mehr daran, diesen Bürgerkrieg rein militärisch gewinnen zu können. Das gab übrigens auch Verteidigungsminister Chipande im Gespräch mit CSU-Chef Franz Josef Strauß zu, der im Auftrag von Kanzler Kohl in diesen Januar-Tagen des Jahres 1988 zu zweitägigen Gesprächen nach Mosambik gekommen war.

Als Chipande dann die Bundesrepublik beschuldigte, Renamo-Büros in deutschen Städten zu finanzieren, ohne dabei präzise Angaben ma-

Bringt das „National Rugby-Team" den Ball zwischen Südafrika und der Sowjetunion ins Rollen? Erstmals wurden die südafrikanischen „Springböcke" nach Moskau eingeladen.

BOPHUTHATSWANA

Folklore und moderne Schönheits-Konkurrenzen: Mit viel Haut wirbt das Homeland Bophuthatswana um Touristen — und um solventes Wochenend-Publikum aus dem „benachbarten" Südafrika, ist hier doch zwischen den Rassen so manches erlaubt, was in dieser Freizügigkeit „drüben" noch nicht möglich ist.

Ganz selbstbewußter Staatsmann — so präsentiert das Homeland auf seinen offiziellen Schriften seinen Präsidenten Dr. Lucas M. Mangope.

Eine Art Las Vegas im Norden Südafrikas: Auch mit solchen Fotos wirbt Bophuthatswana für seine Casinos in Sun City.

Mit einem Putsch versuchten oppositionelle Kräfte 1988 in Bophuthatswana den – im Verhältnis zu Südafrika um Harmonie bemühten – Präsidenten Dr. Lucas M. Mangope zu stürzen. Sie beschuldigten das Regime der Korruption. Blitzschnell waren die zu Hilfe gerufenen südafrikanischen Truppen im Homeland. Mangope wurde befreit, der Putsch war nach wenigen Stunden niedergeschlagen. Fünf der Putschisten kamen dabei ums Leben, 200 wurden verletzt. Rocky Malebane Metsing, der mutmaßliche Anführer des Putsches, floh nach Sambia. Heftige Kritik löste dieses Foto aus: Ein südafrikanischer Soldat baut sich in martialischer Pose vor zwei Opfern dieser Revolte auf.

Eine Stadt wächst in den Himmel: Wolkenkratzer in Kapstadt vor dem eindrucksvollen Tafelberg, der ausnahmsweise einmal nicht von Wolken verhüllt ist.

chen zu können, hatte Strauß das Gespräch jedoch kurzerhand abgebrochen. Strauß: „Abgesehen von seinen völlig haltlosen Beschuldigungen hatte dieser Mann aber auch gar nichts zu sagen — keine Ahnung von der Stärke der Rebellen, nicht mal Ahnung von der Kopfstärke seiner eigenen, gegen die Renamo eingesetzten, Soldaten. Da war eine Fortsetzung unserer Unterhaltung doch wirklich sinnlos geworden."

Interessant danach: Beim abendlichen Bankett, das Staatspräsident Joaquim Chissano für Strauß und die deutschen Gäste gegeben hatte, war Verteidigungsminister Chipande dann als einziger Ressort-Chef nicht erschienen . . .

Mein Tischnachbar bei diesem Bankett, Alberto Chissano, Bruder und Bürochef des Präsidenten, verriet mir dann, daß der Präsident über Chipandes Auftritt sehr verärgert gewesen sei. Der Herr Verteidigungsminister hatte also offenkundig gegen die Parteilinie verstoßen, die da zur Zeit sagt: Öffnung zum Westen und höflichste Behandlung des „Friedens-Reisenden" (so die örtlichen Zeitungen) Franz Josef Strauß.

Und: Man erwartet hier vom Bayerischen Ministerpräsidenten auch Makler-Hilfe für eine Annäherung an Südafrika — der einzigen Chance, das wirtschaftlich marode Mosambik wenigstens einigermaßen lebensfähig zu erhalten.

Außerdem: Die Sowjethilfe ist nicht kostenlos. Im Gegenteil: Jedes Hilfsgut, jeder Panzer, muß bar bezahlt werden. Und das zumeist noch überteuert. Kein Wunder, daß Mosambiks Präsident Chissano nun lieber auf die Kooperation anstatt auf Konfrontation mit dem reichen Südafrika setzen will.

Mosambiks Hauptwunsch dabei: Südafrika solle seine Grenze wieder für Minenarbeiter aus Mosambik öffnen. Hintergrund dazu: Aufgrund der westlichen Boykott-Sanktionen gegen südafrikanische Kohle hatten die südafrikanischen Bergwerks-Unternehmen unter der (fast ausschließlich schwarzen) Belegschaft Massenentlassungen vorgenommen. Und als erste hatte es dabei ein paar tausend Gastarbeiter aus Mosambik erwischt . . .

Mosambik aber braucht dringend die harte südafrikanische Rand-Währung seiner Gastarbei-

ter. Und darum soll der Konservative Strauß jetzt für die sozialistischen „Miners“ wieder die Schlagbäume des kapitalistischen Apartheids-Staates liften helfen.

„Wie können Sie nur Ihre marxistischen Söhne aus Ihrem Arbeiter-Paradies in die Hölle der Apartheid schicken?“ hatte Strauß in diesem Zusammenhang ironisch Mosambiks Präsidenten Joaquim Chissano gefragt, der dabei sichtlich verlegen auf seinen Teller starrte. Dieselbe Frage stellte ich nun auch meinem Nachbarn, dem Präsidenten-Bruder Alberto Chissano. Der aber antwortete mir, ohne eine Mine zu verziehen, mit der Gegenfrage, wie denn Marxismus in Afrika funktioniere: „Do you really know, what's Marxism in Africa?“

Da ich nun wirklich der Meinung war, daß er dies mit Sicherheit besser wissen müsse als ich, sah ich ihn einfach fragend an — und bekam dann von ihm auch schnell die Antwort auf seine eigene Frage. Oder wenigstens so etwas Ähnliches: „Well, in Afrika ist immer noch der Stamm die wichtigste politische Einheit. Die Chissanos sitzen hier nun in den maßgeblichen Ämtern, und das ist auch zur Durchsetzung marxistischer Politik von Vorteil, Sie verstehen?“

In der Tat: Irgendwie verstand ich diese recht eigenwillige Marxismus-Definition des guten Präsidenten-Bruders sogar . . .

Wichtigste Mission des damaligen Pendel-Diplomaten Franz Josef Strauß war es in jenen Januar-Tagen des Jahres 1988 aber zweifelsohne, eine Annäherung der beiden so unterschiedlichen Staaten Mosambik und Südafrika zu erreichen, sie an den Verhandlungstisch zu bekommen — und damit eine wichtige Voraussetzung für eine dauerhafte Befriedung des südlichen Afrikas zu schaffen. Wichtig für Mosambik dabei auch die Zusicherung, den Renamo-Rebellen aus Südafrika keine Unterstützung zukommen zu lassen.

Jetzt, ein gutes Jahr später, kann man festhalten: Beide Länder haben sich am Verhandlungstisch getroffen, haben eine ganze Reihe beidseitiger Probleme einvernehmlich gelöst, die Tätigkeit der Renamo-Guerillas hat deutlich abgenommen — und Mosambik ist nun überdies für

Südafrika zu einer Art diplomatischer „Hintertür“ für direkte Gespräche mit der Sowjetunion geworden, ein Draht, den es viele Jahre überhaupt nicht mehr gegeben hatte.

Ein wichtiger Kontakt, den Südafrikas Außenminister „Pik“ Botha inzwischen zu mehreren Gesprächen mit führenden Kreml-Politikern genutzt hat. Die Sowjetunion zeigt nun — wenn auch noch äußerst vorsichtig — im Süden Afrikas wieder Flagge. Die USA, die sich in den letzten Jahren mehr und mehr mit Sanktionen von Südafrika abgesetzt hatten, werden es mit Staunen registrieren . . .

Diese so brisanten Monate April und Mai des Jahres 1989 hier im südlichen Afrika: Schicksalsstunden sicherlich für 1,2 Millionen Menschen in Namibia, bangend, welchen Weg ihr Land wohl wählen wird, auch für die sechs Millionen Angolaner, die meisten von ihnen seit vielen Jahren vom Krieg denaturiert, desgleichen für die zehn Millionen Bewohner von Mosambik, seit nun schon 15 Jahren auf ein kleines bißchen Lebensqualität hoffend — und letztlich auch für die rund 25 Millionen Südafrikaner, die „schwarzen, weißen, braunen und asiatischen“, für die in diesen beiden Monaten in Namibia vermutlich auch die Weichen für ihr eigenes Land, für Fortschritt oder Rückfall, für eine lichte Zukunft oder eine triste, anachronistische Finsternis, gestellt wurden.

Denn: Gelingt das „Modell Namibia“, gelingt es in einem Land im Süden Afrikas, ein gleichberechtigtes Miteinander aller Rassen in friedvoller Harmonie zu erreichen, dann kann die neue Regierung Südafrikas ihren Liberalisierungs-Kurs beträchtlich vorantreiben.

Gleichzeitig jedoch können die bilateralen Wirtschafts-Beziehungen zwischen Südafrika und Mosambik kraftvoll weiterentwickelt werden — wahrscheinlich zu Beginn mit einem aus Pretoria finanzierten Ausbau des für Mosambik so wichtigen Hafens von Maputo.

Ebenfalls gleichzeitig aber könnte dann auch in Angola, das ja letztlich ebenfalls in das zwischen den USA, der UdSSR, Kuba, Angola und Südafrika ausgehandelte „Namibia-Paket“ gehört, mit echten Befriedungs-Gesprächen begonnen werden: unter Einbeziehung aller angolanischen Kräfte – auch des Dr. Jonas Savimbi – und nach einem Abzug aller kubanischen, sowjetischen, ostdeutschen, tschechischen und nordkoreanischen Soldaten aus dem Land.

Diese Forderung hatten seit Jahren auch andere afrikanische Staatspräsidenten erhoben:

So erklärte mir Gabuns Präsident Bongo 1985 in seinem Amtssitz in Libreville: „Afrika gehört uns Afrikanern. Bevor nicht der letzte Ostblock-Soldat den Süden Afrikas verlassen hat, wird es dort keine friedliche Weiterentwicklung geben."

Und auch Togos Staatspräsident Eyadema sinnierte 1984 in einem Interview, das ich in Lomé mit ihm geführt hatte: „Wann wird Afrika endlich aufhören, ein Tummelplatz fremder Mächte zu sein? Viele Probleme werden doch von außen in unseren Kontinent hineingetragen. Ohne diese permanenten fremden Einmischungen würden hier doch viele Länder mit ihren Problemen viel schneller fertig werden, vermutlich sogar Südafrika."

Schicksalsstunde also jetzt für die Kap-Republik? Quo vadis, Schwarzer Kontinent? Der Puls der Geschichte – man glaubt ihn in diesen April- und Mai-Wochen des Jahres 1989 hier direkt zu spüren. Historische Wochen, für Reporter maßgeschneidert: Die Einleitung der Unabhängigkeit für Namibia, dann die schrecklichen Kämpfe im Norden des Landes, bange Wochen der Ungewißheit: Platzt jetzt der ganze Friedensprozeß?

Dann die politischen Erschütterungen in Pretoria: P. W. Bothas Rücktritt auf Raten, der Zerfall seines Kabinetts, die ersten – Hoffnung auslösenden – Auftritte des Botha-Nachfolgers F. W. de Klerk, die Vorbereitung der Botha abgerungenen Neuwahlen Anfang September, dann die überraschende (wenn auch von beiden Seiten äußerst diskret gehandhabte) Annäherung zwischen Moskau und der Buren-Republik: Heiße Tage im südafrikanischen April.

Nur an den Löwen, Elefanten, Nashörnern, Leoparden und Giraffen in den so beeindruckenden Wild-Parks im Osten Südafrikas, im so riesigen staatlichen Krüger- Nationalpark und in den benachbarten privaten Gehegen, etwa dem Mala-Mala-Land oder dem Sabie-Sabie-Reservat,

Das ehemalige Fotomodell Jani Allen: Attraktive Begleitung . . .

. . . des Rechtsradikalen-Führers Terre'Blanche, hier mit Ehefrau.

Zu Südafrikas Rechtsextremisten stoßen immer mehr Mitglieder eines neuen „weißen Proletariats".

Terre'Blanches Unheilslehre fällt auf fruchtbaren Boden (oben).

Bewaffnete Mitglieder der „AWB" stehen während des Prozeßes gegen ihren „Führer" Wache (links).

Apartheids-Verfechter Eugene Terre'Blanche läßt seine faschistische „Afrikaaner Weerstandsbeweging" mit Hakenkreuz-ähnlichen Emblemen marschieren.

Gartenstadt Pretoria: Blick vom Denkmal für die Gefallenen beider Weltkriege auf die vielen Grünanlagen — und auf das Pretoria der Wolkenkratzer.

scheinen die Ereignisse dieser Tage glatt vorbeigegangen zu sein:

Hunderttausende von Touristen, rund 80 000 davon aus Deutschland, lassen sich Jahr für Jahr von den Rangern durch die saftige Busch-Savanne kutschieren, die Kamera im Anschlag, ein leichtes Gruseln unter dem — meist ja noch ganz neuen — „Original-Tropen-Dreß". Hier finden sie das Afrika, wie sie es von Postkarten her kennen: „Noch so unjemein unvafällscht, vastehste?"

Richtig friedlich geht es hier bei den wilden Tieren zu, nicht so tumultartig, mit Revolutions-Szenen, Bomben-Attentaten, Feuer, Blut und Tränen, wie wir es ja häufig von unseren Fernseh-Sendern aus südafrikanischen Städten in die Wohnzimmer geliefert bekommen. Unser Bild von Südafrika. Wirklich ein Bild von Südafrika?

Leider: Ein Zerrbild ist es häufig, undifferenziert, getrendet, offenkundig manchmal sogar gefälscht (da wird einem hier beispielsweise von einem deutschen Kameramann erzählt, der angeblich für ein paar Dollar von schwarzen Jugendlichen eine alte Bude anzünden ließ, um dem geschätzten Publikum ein „flammendes Soweto" präsentieren zu können . . .).

Stimmt's? Stimmt's nicht? Schwer zu sagen. Auf alle Fälle sollten wir in Europa zumindest versuchen, das südliche Afrika differenziert zu beurteilen. Denn der schwarze Diplomat Wesley Johanneson, den ich jetzt in Pretoria traf, hat vermutlich recht, wenn er uns Europäer auffordert: „Bitte, hört doch endlich damit auf, uns hier in Afrika nach euren europäischen Maßstäben zu beurteilen. Gebt uns eure Unterstützung, einerseits über die Probleme unserer Rassengesetze hinwegzukommen, andererseits aber auch die Wirtschaftskraft eines vereinten friedlichen Südafrikas zu erhalten. Denn wenn unsere Wirtschaft zu Bruch geht, dann kann man auch das gesamte Afrika südlich des Äquators für viele Jahrzehnte vergessen."

E N D E*

** . . . natürlich nur das Ende dieses Reportagen-Buches, denn im südlichen Afrika wird es stürmisch weitergehen. Wie — das werden uns die restlichen Jahre dieses Jahrhun-*

derts zeigen. Unabhängig aber davon, was die Zukunft dem Süden des „Schwarzen Kontinents" auch letztlich bringen mag, steht heute schon fest: In diesem „heißen April 1989", dessen so wichtige Ereignisse hier minuziös zusammengetragen wurden — zwar in der zwangsläufigen Subjektivität von Momentaufnahmen, aber mit größtmöglicher Reporter-Präzision — , sind die Weichen für Südafrika entscheidend gestellt worden. Und darum hat dieser „April 1989" sicherlich auch historische Dimensionen.

Das so vielseitige „Wie es dazu kam" aber hat der Autor aus all dem Erlebten — aus all den so unterschiedlichen Gesprächen, die er hier mit den Vertretern aller gesellschaftlich relevanten Gruppen führte, aus all dem selbst Beobachteten und dem breiten Spektrum aller Interviews — zusammengestellt. Natürlich kann und will ein Kompendium dieser Art keinerlei Anspruch auf geschichtliche Vollständigkeit erheben. Aber die Summe all der hier festgehaltenen Fakten und pluralistischen Meinungen könnte sicherlich recht hilfreich sein, die kommenden Ereignisse im südlichen Afrika klarer zu beurteilen.

Bekannte südafrikanische Geistliche machten in Kapstadt gegen das Verbot von 17 politischen Organisationen mobil: An der Spitze der Demonstration marschierten (v.l.): Dr. Khoza Ngoja, Bischof Stephen Naidoo, Bischof Desmond Tutu, Dr. Allan Boesak, Frank Chikane und Syd Luckett.

Eine faszinierende Farb-Orgie: Abend-Dämmerung über dem Süden Afrikas. Gilt hier der deutsche Spruch: „Abendrot — schlecht Wetter droht"? Wird der nächste Tag das dringend benötigte Wasser bringen? Und die Zukunft? Wie wird es mit diesem schönen Land und seinen liebenswerten Menschen weitergehen?

Einsamkeit eine Autostunde von der Millionenstadt Kapstadt entfernt: Menschenleere Buchten warten auch bei Hermanus auf Erholungsbedürftige.

Abseits politischer Probleme schieben weiße Ladys hier in Pretoria eine ruhige Kugel: Der vornehme „Country-Club“ — Blick in ein vergangenes Jahrhundert.

Feine englische Art im Vorort Waterkloof: Golf für die Herren und „Bowles“ für die Damen — im „Country-Club“ scheint die Zeit stehengeblieben zu sein.

EPILOG:

Afrika und wir

Eine Analyse von
WILFRIED SCHARNAGL

Diese Analyse schrieb Wilfried Scharnagl, Chefredakteur des „Bayern-Kuriers".

Gibt es eine deutsche Afrika-Politik? Franz Josef Strauß, der weltweit einer der anerkanntesten und besten Kenner des Schwarzen Kontinents war, hat diese Frage verneint. Allerdings hat er auch selbst für seinen Teil und für seine Person diese Antwort widerlegt: Er betrieb Afrika-Politik, engagiert, kenntnisreich, verantwortungsbewußt. Es kann nicht verwundern, daß Ulrich Zimmermann, der Autor dieser Berichte aus dem Süden Afrikas, auf seinen Wegen immer wieder auf die Spuren von Franz Josef Strauß gestoßen ist.

Zimmermanns Reportagen und Interviews bestechen zunächst durch ihre Anschaulichkeit. Darin unterscheiden sie sich von vielen anderen Berichten über das südliche Afrika, die oftmals an den Hotelbars von Nairobi in Kenia verfaßt worden sind. Der Autor gibt ein Beispiel für die Richtigkeit der Auffassung, daß Südafrika oder das südliche Afrika kennen gleichzeitig heißt, es auf weite Strecken anders zu beurteilen, als es der Großteil der Medien in Europa tut.

Ihm kommt dabei zugute, daß er sich seiner Sache ohne vorgeprägte Feindbilder oder Vorab-Analysen nähert. Er verschließt seine Augen nicht vor tatsächlichen Problemen, sei es die Apartheid in Südafrika, sei es der Bürgerkrieg in Angola, seien es die Geburtswehen eines neuen Staates Südwestafrika/Namibia oder aber die desolate Lage in Mosambik. Zimmermann scheut sich auch nicht, die Verantwortlichen zu nennen. Sei es die 300 Jahre alte, von der Religion vorgegebene politische Eigenliebe der Buren, die zur Apartheid geführt hat, oder aber die meist durch Gewalt erfolgte Anwendung marxistischer Lösungsvorschläge in Afrika, die Anwendung von Regeln, die in Europa längst versagt — und ihre Untauglichkeit nun auch in Afrika unter Beweis gestellt haben.

Mit anatomischer Präzision und in farbig-lebendiger Darstellung arbeitet der Autor heraus, daß nicht nur das Übertragen einer Ideologie von Europa nach Afrika zum Scheitern führen muß, sondern daß überhaupt der Schwarze Kontinent nach anderen Regeln lebt, als wir sie in Europa kennen. Diese Einsicht führt dazu, daß man an der selbstgerechten Gescheitheit, mit der hierzulande oft über afrikanische Probleme geurteilt wird, große Abstriche machen muß.

Zum Verständnis der fremden Welt trägt die Kenntnis der dort politisch Agierenden bei; Zimmermann überwindet dankenswerterweise das weitverbreitete Klischee vom Schwarz-Weiß-Konflikt im südlichen Afrika. Er zeigt die ethnische Vielfalt der dortigen Länder, weist auf, wie die politischen und teilweise auch militärischen Fronten zwischen den Ethnizitäten wechseln, und macht deutlich, daß es mehr politische Positionen gibt als ein brutales Entweder-Oder.

So erfährt der Leser, daß es eine schwarze Opposition in Südafrika gibt, die sich nicht nur gegen die weiße Regierung in ihrer jetzigen Form wendet, sondern ebenso gegen die radikalen und hierzulande leider allzu populären schwarzen Führer. Gegen die Apartheid zu sein, heißt beileibe nicht, automatisch für radikale Lösungsmodelle einzutreten. Diese Aussage gehört zu den wesentlichen Erkenntnissen, die Ulrich Zimmermann vermittelt.

In diesen Zusammenhang stellt er die Dichotomie von Evolution und Revolution im südlichen Afrika, besonders in der Republik Südafrika selbst. Legitimierte, gemäßigte schwarze Führer glauben nicht nur an die Möglichkeit einer gewaltfreien Entwicklung ihres Landes, sie arbeiten sogar entscheidend daran mit. Schwierigkeiten werden ihnen nicht zuletzt von europäischer Seite dadurch gemacht, daß man die wirtschaftliche Entwicklung des Landes durch Sanktionen ernsthaft behindert. Sanktionen gegen Südafrika — auch das wird in Zimmermanns Reportagen und Interviews deutlich — zeugen neben einer ideologischen Voreingenommenheit nicht zuletzt auch von jener Unkenntnis der Eigenheiten Afrikas, von denen oben die Rede war.

Der Autor veröffentlicht sein Werk zu einer Zeit, in der die internationale Verflechtung des südlichen Afrika deutlicher ist als lange Zeit vorher. Die Sowjetunion scheint ihr Interesse an einem militärischen Engagement auf dem afrikanischen Kontinent eingebüßt zu haben. Die UNO hat sich zu einer Patenschaft bei der Staatwerdung von Südwestafrika entschlossen — bei allen Schwierigkeiten, die der Weltorganisation dort widerfahren, wie Zimmermann in bester Reporter-Tradition eindringlich beschreibt. Die Verbindungen der Republik Südafrika zu ihren nördlichen Nachbarn sind besser als je zuvor; nicht zuletzt die Mission von Franz Josef Strauß nach Pretoria und Maputo im Jahre 1988 hat das bewirkt. Ostasien ist Südafrika näher gerückt — jedenfalls, was den Handel und die wirtschaftliche Zusammenarbeit angeht.

So stellt sich die Frage nach einer deutschen Afrika-Politik und im Speziellen nach einer Politik gegenüber dem südlichen Afrika erneut. Mit Sorge muß man daher ein Zitat aus berufenem Munde bei Zimmermann nachlesen, wonach man in den betroffenen Ländern mit Kopfschütteln das betrachte, was Außenminister Genscher gegenüber dem südlichen Afrika an Politik treibe. Tatsächlich kann man die diplomatische und wirtschaftliche Behinderung der gemäßigten Kräfte im

Lande nicht als Politik bezeichnen, jedenfalls nicht, wenn der Begriff Politik so zu verstehen ist, wie er verstanden werden muß, daß nämlich dahinter ein leitender Gedanke und eine Wertordnung stehen sollten.

Die Vereinigten Staaten von Amerika hingegen haben ihre Verantwortung wahrgenommen: Unter ihrem und der Sowjetunion Protektorat sind die Gespräche zwischen Südafrika, Kuba und Angola über die Befriedung der Region zustandegekommen.

Zimmermanns Buch macht den Mangel des Fehlens einer deutschen Afrikapolitik deutlich. Da es aber auch Kenntnisse vermittelt und dadurch weiteres Interesse weckt, wird es wohl dazu beitragen, daß der Wunsch nach einer Abschaffung dieses Mangels laut wird. Dies gereichte Deutschland zur Ehre und dem südlichen Afrika zum Nutzen.

1988 in Afrika (v.l.): Georg v. Waldenfels, Wilfried Scharnagl, Gerold Tandler, Franz Josef Strauß.

Noch kein Sport für die farbige Mehrheit: „Unter sich“ bleiben die Mitglieder des „Country-Clubs“ von Pretoria beim Golf. Nur Caddys sind hier schwarz.

Das ist die andere Seite Südafrikas: Die 60jährige Elsie Matutu schläft auf einer Verkehrsinsel mitten in Kapstadt und lebt von milden Gaben der Passanten.

Blondschöpfchen und Schwarzköpfchen bei der Mittagsruhe — im BMW-Kindergarten von Rosslyn gibt es da überhaupt keine Probleme. Apartheid? Für Klein und Groß ein Fremdwort.

Im BMW-Werk bei Rosslyn wurden Rassenschranken total eliminiert: Hand in Hand arbeiten Schwarze und Weiße in den Fertigungs-Straßen (oben).

Auch in den „feinen" Abteilungen — wie den BMW-Labors (rechts) — spielt die Hautfarbe keine Rolle mehr.

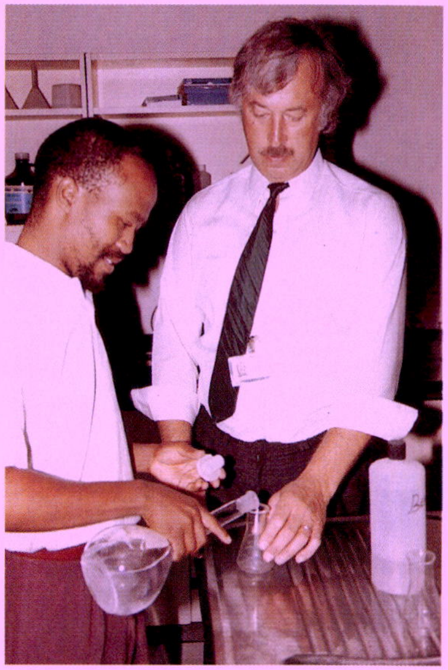

Bunte Bilder im schwarz-weißen Kindergarten des BMW-Werkes (oben). Die Kleinen lernen hier von Anfang, miteinander unbeschwert umzugehen.

Gleiche Arbeit wird gleich bezahlt.

Der schwarze Alfred und die weiße Antje.

BMW-Chef Dr. Hasselkus (rechts).

DIE WICHTIGSTEN ABKÜRZUNGEN:

A N C	=	African National Congress, zum Teil militante revolutionäre Widerstandsbewegung gegen die weiße Vorherrschaft in Südafrika
A W B	=	Afrikaaner Weerstandsbeweging, faschistische Partei Südafrikas
C O S A T U	=	Congress of South African Trade Unions, gegen die Regierung ausgerichteter Verband südafrikanischer Gewerkschaften
C P	=	Conservativ Party, rechtskonservative Partei in Südafrika, aus dem rechten Flügel der regierenden National Party entstanden
D T A	=	Demokratische Turnhallen-Allianz, gemischtrassige und eher bürgerlich-liberale Parteien-Gruppierung in Namibia
E S K O M	=	Staatliche Elektrizitätsgesellschaft Südafrikas
F A P L A	=	Forcas Populares de Libertacao de Angola, die regulären Streitkräfte der marxistischen angolanischen MPLA-Regierung
F N L A	=	Forcas Nacionales de Libertacao de Angola, ehemalige antimarxistische Befreiungsfront für Angola, inzwischen aufgelöst
F R E L I M O	=	Frente de Libertacao de Mocambique, marxistische Regierungspartei von Mosambik
G A	=	General-Administrator, Südafrikas oberster Repräsentant in Namibia / Südwestafrika

I N K A T H A = ringförmige Stoff-Rolle auf dem Kopf, um damit Lasten zu tragen, Begriff aus der Sprache der Zulus, der größten Volksgruppierung Südafrikas, Bezeichnung übernommen als Namen für die nationale und kulturelle Zulu-Befreiungsbewegung, Zielsetzung ist die Abschaffung jeglicher Form der Diskriminierung und Rassentrennung in absoluter Gewaltlosigkeit (Zulu-Philosophie: „INKATHA trägt das Gewicht der Nation, die Schätze des Volkes und die Bürden der Menschen")

M P L A = Movimento Popular de Libertacao de Angola, marxistische Regierungspartei Angolas

N G K = Niederländisch-Reformierte Kirche

N P = National Party, liberal-bürgerliche Regierungspartei in Südafrika

O A U = Organization of African Union, Organisation für afrikanische Einheit

P L A N = People's Liberation Army of Namibia, „Volksbefreiungs-Armee von Namibia", Kampfverbände der marxistischen SWAPO

P N F = Progressive Federal Party, progressive föderale Partei, oppositionelle sozialliberale Parteigruppierung in Südafrika

R E N A M O = Resistencia Nacional Mocambicana, antimarxistische Widerstandsbewegung in Mosambik

R S A	=	Republik Südafrika
S A	=	Südafrika
S A D F	=	South African Defence Forces, südafrikanische Armee
S A E D C	=	Southern African Economical Development Committee, Komitee für die wirtschaftliche Entwicklung des südlichen Afrika
S W A	=	Südwestafrika (im Prozeß, nun Namibia zu werden)
S W A N U	=	South West African National Union, arbeitnehmerfreundliche — aber nicht sozialistische — Partei Namibias
S W A P O	=	South West African People's Organization, marxistische Widerstandsbewegung Namibias
S W A P O - D	=	SWAPO DEMOCRATIC, antimarxistische Partei-Absplitterung der SWAPO
U D F	=	United Democratic Front, nimmt in Südafrika für sich in Anspruch, 600 zivile, religiöse, gewerkschaftliche und sportliche Verbände zu vertreten, teilt Einstellung und Ziele des ANC
U N I T A	=	Uniao Nacional para Independencia Total de Angola, antimarxistische Befreiungs-Bewegung in Angola
U N O	=	United Nations Organization, Vereinte Nationen
U N T A G	=	United Nations Transition Assistance Group, Namibia-Organisation der Vereinten Nationen mit ihren Truppen

Franz Josef Strauß — hier mit Außenminister Roelof „Pik" Botha — hatte im Januar 1988 prophezeit: „Der Krieg in Angola ist nicht militärisch zu gewinnen."

Hoffnungsträger: Frederick W. de Klerk (oben) wurde als ...

... Nachfolger von Staatschef Pieter W. Botha (oben) nominiert.

Beispielsweise in der Bildungspolitik hat Pretoria viel an den jungen Schwarzen gutzumachen, denen durch die bildungsmäßige „Verbantuisierung" häufig nur die einfachsten Dienstleistungs-Berufe (so als Hotel-Zimmermädchen, siehe links) offen blieben.

Straßenszene in Mosambiks Hauptstadt Maputo: Seit der Entlassung in die Unabhängigkeit ist das Land wirtschaftlich total heruntergewirtschaftet worden. Die Arbeitslosigkeit unter der Bevökerung wächst, viele Menschen müssen sich im benachbarten Südafrika in den Kohlen-Minen als Gastarbeiter verdingen.

Überall Gruppen palavernder junger Männer.

Primitiv-Hütte aus Matten.

Propper indes die „Jungen Pioniere“ der Sozialistischen Volksrepublik.

Unterstützung durch die sozialistischen Brüder: Eine DDR-Maschine auf dem Fluplatz von Maputo.

14,5 Millionen Menschen leben in Portugals Ex-Kolonie Mosambik.

Arbeit auf dem Feld.

Das Foto des Staatspräsidenten ist allgegenwärtig.

Der Süden Afrikas: Länder, Zahlen, Fakten

ANGOLA

Staatsform und -organe: Sozialistische Volksrepublik. Staatsoberhaupt und Regierungschef ist derzeit Jose Eduardo dos Santos, der zugleich Präsident der MPLA und Oberbefehlshaber der Streitkräfte ist. Volksvertretung ist die Volksversammlung mit derzeit 226 Abgeordneten.

Hauptstadt: Luanda (1987 geschätzt 1,3 Mio Einwohner).

Bevölkerung: 1986 geschätzt 8,98 Mio (nur wenige Weiße), 52 Prozent sind Christen (40 Prozent Katholiken, 12 Prozent Protestanten). Bevölkerungswachstum 1980 - 1985: Durchschnitt 2,5 Prozent.

Geschichte: Ehemalige portugiesische Kolonie; 1885 Festlegung der heutigen Grenzen auf der Berliner Kongo-Konferenz. 1951 Status einer portugiesischen Überseeprovinz. Zwischen 1954 und 1966 erfolgten Gründungen zahlreicher Befreiungsorganisationen (FNLA, MPLA, UNITA), die das portugiesische Regime bekämpften. Die Kämpfe wurden eingestellt, als der neue portugiesische Präsident Spinola das Recht der Überseeprovinzen auf Selbständigkeit anerkannte (11.6.1974).

Trotz eines Abkommens über die Bildung einer gemeinsamen Übergangsregierung zwischen Portugal und den drei Befreiungsbewegungen kam es 1975 zu Machtkämpfen, in deren Folge das Land im Norden von der FNLA, in der Mitte von der MPLA und im Süden von der UNITA kontrolliert wurde. Am 11.11.1975 proklamierte die MPLA die Volksrepublik, die FNLA die „Demokratische Volksrepublik".

1976 gelang es der MPLA mit Hilfe kubanischer Truppen und sowjetischen Materials, die FNLA in diesem Machtkampf auszuschalten. 1977 wurde die nationale Einheitspartei MPLA in die marxistisch-leninistische MPLA-Partido de trabalho umbenannt. Vor allem im Süden des Landes blieb die UNITA aber stärkste Kraft.

SWAPO-Aktivitäten von angolanischem Gebiet aus in Südwestafrika/Namibia provozierten nachfolgend wiederholt sog. „Strafaktionen" Südafrikas gegen Angola. Ein Abkommen über den Abzug südafrikanischer Truppen aus Angola scheiterte an Differenzen über die Rolle der Kubaner (Febr. 1984).

Nach dem Einmarsch südafrikanischer Truppen in den Süden Angolas forderte der UN-Sicherheitsrat am 25.11.1987 den Abzug der Südafrikaner. Nach Verhandlungen zwischen Angola, Kuba, Südafrika (und unter Mitwirkung der USA sowie der Sowjetunion) kam es schließlich zu Grundsatzerklärungen über den Abzug der Kubaner und den Rückzug Südafrikas aus Namibia gemäß der UN-Resolution 435. Für Angola wurde in Genf ein Waffenstillstand an der Grenze zu Namibia vereinbart, der formell am 8.8.1988 in Kraft trat.

Mit einem Handschlag zwischen Angolas Präsident dos Santos und UNITA-Chef Savimbi am 22. 6. 1989 in Gbadolite (Zaîre) nach einem Gipfeltreffen von 18 afrikanischen Staatschefs Waffenruhe beschlossen. Wegen der andauernden SWAPO-Aktivitäten an der angolanisch-namibischen Grenze aber eine echte Befriedung des Landes auch im Juni 1989 noch nicht absehbar.

BOTSWANA

Staatsform und -organe: Republik. Staatsoberhaupt ist Präsident Quett K.J. Masire. Die Volksvertretung bildet die aus 38 Mitgliedern (34 allgemein gewählt, 4 gesondert) bestehende Nationalversammlung, zu der auch der Speaker und der Generalstaatsanwalt gehören. Mehrparteiensystem. Neben der Nationalversammlung besteht das „House of Chiefs" mit 15 Mitgliedern; die Häuptlinge der acht großen Stämme sind ständige Mitglieder.

Hauptstadt: Gaborone: 1986 95 163 Einwohner.

Bevölkerung: 1987 geschätzt 1,17 Mio Einwohner, darunter 3 500 Weiße und 3 000 Indern. 30 Prozent der Bevölkerung (geschätzt) sind Christen, die Mehrheit hängt Naturreligionen an. Bevölkerungswachstum 1973 - 1985 (letzte veröffentlichte Zahlen): Durchschnitt 4,3 Prozent.

Geschichte: 1885 britisches Protektorat, 1895 autonom, nachdem sich Häuptling Khama III. einer Überstellung an die britische Südafrika-Kompanie erfolgreich widersetzt hatte. Im Übergang zur Unabhängigkeit erhielt Botswana (damals noch Betschuanaland) am 29.1.1965 eine neue Verfassung.

Im März 1965 erste Wahlen, die die konservative Botswana Democratic Party gewann. Am 30. September 1966 Unabhängigkeit als Republik Botswana. Das Land verblieb im britischen Commonwealth. Zwischen 1983 und 1988 diplomatische Kontakte zu Jugoslawien, Südafrika, den USA und der Bundesrepublik Deutschland. Die Beziehungen zu Südafrika blieben aber gespannt: 1985 waren südafrikanische Kommando-Einheiten in die Hauptstadt Gaborone eingedrungen, auch 1988 kam es noch an der Grenze zu Südafrika zu Feuergefechten.

LESOTHO

Staatsform und -organe: Unabhängiges Königreich im Commonwealth. Staatsoberhaupt ist der seit 1960 amtierende König Moshoeshoe II. Zwischen 1967 und 1986 von Premierminister Leabua Jonathan auf rein repräsentative Aufgaben beschränkt, übt er seit dem Militärputsch vom 20.1.1986 volle exekutive und legislative Rechte unter Mitsprache des Militärrats, der formell beratende Funktionen hat, aus. Vorsitzender des aus sechs Offizieren bestehenden Militärrats war noch im Juni 1989 Generalmajor Justin Metsing Lekhanya (zugleich Regierungschef). Bis zu diesem Zeitpunkt auch noch keine Nationalversammlung; ein neben dem Parlament bestehendes Häuptlingskollegium hatte nach dem 86er-Putsch vermehrte Rechte erhalten.

Haupstadt: Maseru (75 000 Einwohner).

Bevölkerung: 1986 geschätzt 1,546 Mio Einwohner, darunter 2 000 Europäer und 1 000 Asiaten. 90 Prozent der Bevölkerung sind Christen (43 Prozent Katholiken, der Rest Protestanten); daneben Moslems und Anhänger von Naturreligionen. Bevölkerungswachstum 1980-1985: Durchschnitt 2,7 Prozent.

Geschichte: 1868 unterstellte der Basuto-Herrscher Moschesch das Gebiet des heutigen Lesotho dem Schutz Großbritanniens; 1884 übernahm die britische Regierung die direkte Kontrolle über das Land. Nach der Verfassungskonferenz von London (April 1964) erhielt Basutoland die innere Autonomie, im Jahr darauf erfolgten die ersten Parlamentswahlen; Gewinner wurde die konservative Nationalpartei Leabua Jonathans, der Premierminister wurde. Nach der Unabhängigkeit (4.10.1966) als Königreich Lesotho erste Unruhen. 1967 Beschränkung des Königs auf verfassungsmäßige Aufgaben, 1970 Parteienverbot, Annullierung von Wahlen, Verfassung außer Kraft gesetzt.

1974 mißlungener Aufstandsversuch des Basuto Congress. Spannungen zu Südafrika: südafrikanische Überfälle auf ANC-Unterkünfte im Königreich, Schließung der Grenze zu Lesotho, Einreiseverweigerungen in Südafrika für Bürger aus Lesotho. Nach dem Militärputsch (20.1.1986) Verbesserung der Beziehungen: Ausweisungen von ANC-Mitgliedern aus Lesotho, Beschluß bilateraler „Sicherheitsvereinbarungen" in Kaptstadt (26.3.1986), Lesotho-Highlands-Water-Project (Okt. 1986) mit Beginn im Frühjahr 1988.

MOSAMBIK

Staatsform und -organe: Volksrepublik. Staatsoberhaupt war im Juni 1989 der am 3.11.1986 gewählte Generalmajor Joaquim Alberto Chissano, zugleich Parteichef und Oberbefehlshaber der Streitkräfte. Volksvertretung die 1986 nach Einheitsliste gewählte, zwei Mal im Jahr tagende Volksversammlung mit 210 Abgeordneten. Einem Ständigen Ausschuß von 15 Mitgliedern fiel zwischen den Sessionen die Aufgaben der Volksversammlung zu.

Hauptstadt: Maputo (1987 geschätzt 1,006 Mio Einwohner).

Bevölkerung: 1986 geschätzt 14,5 Mio Einwohner. Die Mehrzahl der Bevölkerung hängt Naturreligionen an (48 Prozent), daneben zählte man im Juni 1989 rund 18 Prozent Christen (1,5 Mio Katholiken, nur 40 000 Protestanten); dazu 16 Prozent Moslems. Bevölkerungswachstum 1980-1985: Durchschnitt 2,6 Prozent.

Geschichte: Ehemalige portugiesische Kolonie. Auf der Berliner Kongo-Konferenz von 1885 erhielt Portugal das Gebiet des heutigen Mosambik zugesprochen. 1962 schlossen sich drei Befreiungsbewegungen zur FRELIMO zusammen, 1964 eröffnet die FRELIMO den Guerilla-Krieg.

Unter dem neuen portugiesischen Präsidenten Spinola kam es am 7.9.1974 zum Abschluß des Lusaka-Vertrages über die Unabhängigkeit Mosambiks und zur Bildung einer Übergangsregierung unter Chissano. Der 25.6.1975 wurde Unabhängigkeitstag. Die Innenpolitik der folgenden Jahre war von Verstaatlichungen bestimmt.

Außenpolitische Kontakte wurden zur VR China, zu der Sowjetunion, Kuba und der DDR geknüpft, nachfolgend aber auch diplomatische Kontakte zu westlichen Ländern (Großbritannien, USA, Portugal, Südafrika, Bundesrepublik Deutschland). Besonders die fortgesetzten Kontakte zu Südafrika und seit 1987 zu Bonn deuteten auf eine allmähliche West-Orientierung Mosambiks hin.

NAMIBIA

Staatsform und -organe: Abhängiges Völkerbundsmandat der Republik Südafrika, 1989 im Übergang zur Unabhängigkeit. Staatsorgan der von der Mandatsmacht Südafrika eingesetzte Generaladministrator (seit 1985 Louis Pienaar), der seit dem 1.4.1989 seine Macht mit dem finnischen UN-Beauftragten Martti Ahtisaari teilt, der mit der UN-Überwachungstruppe (UNTAG) den Weg

Namibias in die Unabhängigkeit und die Abhaltung freier Wahlen sicherstellen soll.

Hauptstadt: Windhuk (120 000 Einwohner).

Bevölkerung: 1986 geschätzt 1,59 Mio, ca. 72 000 Weiße (1982). Rund 45 Prozent der Bevölkerung sind Protestanten der Evangelisch-Lutherischen Kirche oder der Evangelisch-Lutherischen Ovambo-Kovango-Kirche. 1970 gehörten acht Prozent zur holländischen reformierten Kirche, 18 Prozent waren römisch-katholisch. 17 Prozent gehörten anderen christlichen, 18 Prozent Stammes- oder Naturreligionen an. Bevölkerungswachstum 1973-1985: Durchschnitt 2,6 Prozent.

Geschichte: 1884 mit der Unterstellung der Erwerbungen des Kaufmanns Adolf Lüderitz unter den Schutz des Reichs deutsches Schutzgebiet (Deutsch-Südwestafrika). Im I. Weltkrieg nach der Kapitulation der deutschen Schutztruppe (9.7.1915) von Südafrika besetzt. 1920 wurde das Gebiet vom Völkerbund formell der Republik Südafrika als Mandat überwiesen. 1966 entzog die Vollversammlung der UNO dann Südafrika das Mandat; der Internationale Gerichtshof bestätigte 1971 den Mandatsentzug und die Unterstellung unter die UN. Die UN-Resolution von 1981 sah freie Wahlen unter Einschluß der SWAPO vor. 1988 begannen in London Verhandlungen über die Beendigung des Bürgerkrieges in Angola und die Entlassung Namibias in die Unabhängigkeit. Der Unabhängigkeitsprozeß begannt am 1.11.1988. Aktionen der SWAPO führten im Frühjahr 1989 zur Unterbrechung des Abzugs südafrikanischer Truppen.

SÜDAFRIKA

Staatsform und -organe: Republik. Staatsoberhaupt war im Juni 1989 (bei Redaktions-Schluß dieses Buches) noch Staatspräsident Pieter W. Botha. Der Staatspräsident wird von einem aus 60 Mitgliedern bestehenden Präsidialrat beraten. Volksvertretung ist das aus drei Kammern bestehende Parlament. (Abgeordnetenhaus: 178 Abgeordnete, davon 166 gewählt, bezeichnet als Kammer der Weißen, weil von Weißen gewählt. Deputiertenhaus: 45 Abgeordnete, davon 40 direkt gewählt, bezeichnet als Kammer der Inder, weil von der indischen Bevölkerung [den „Asians"] gewählt. Repräsentantenhaus: 85 Abgeordnete, 80 davon direkt gewählt, bezeichnet als Kammer der Mischlinge, weil nur von diesen gewählt). Keine zentrale Kammer der Schwarzen.

Hauptstadt: Pretoria (1980 739 043 Einwohner).

Bevölkerung: Neueste (noch nicht amtliche) Berechnungen: 24,6 Millionen Einwohner. 1985 gezählt: 22 760 770 (ohne Transkei, Bophuthatswana, Venda, Ciskei und der in der Republik Südafrika lebenden Bewohner aus diesen Staaten). Bevölkerungszunahme 1980-1985: Durchschnitt 2,5 Prozent.

Geschichte: Im 17. Jahrhundert erste holländische Niederlassung und Ansiedlung von Hugenotten. Die von 1836-40 auswandernden Buren (Großer Treck) gründeten eigene Staaten. Transvaal und der Oranje-Freistaat wurden 1852/54 von Großbritannien anerkannt. Im 2. Burenkrieg wurden Oranje und Transvaal von den Briten unterworfen (1899-1902), erhielten aber 1906/07 die Autonomie. 1910 trat die Unionsverfassung für ganz Südafrika in Kraft. Der Eroberung Deutsch-Südwestafrikas 1915 folgte 1919 das Mandat über das Gebiet.

1961 trat Südafrika nach Proklamation der Republik aus dem Commonwealth aus. 1966 entzog die UNO Südafrika das Mandat über Namibia. Das Apartheids- System löste 1986 Sanktionen der USA, der EG und Japans aus, nachdem zuvor — wegen massiver Anti-Apartheids-Manifestationen der Schwarzen (1. Mai) — der Ausnahmezustand verkündet worden war.

1988 erklärt sich Südafrika nach Verhandlungen mit den USA, Angola und Kuba bereit, seine Truppen gemäß der UN-Resolution 435 aus Namibia. Das Apartheids-System löste 1986 Sanktionen der USA, der gerten jedoch den Rückzug. Bei Redaktions-Schluß dieses Buches im Juni 1989 gewährleisteten Truppen der UNO und Südafrikas die für den Übergang Namibias in die Unabhängigkeit vorgesehenen freien Wahlen.

Denkmal in Pretoria für eine Symbolfigur: Ohm Krüger führte 1880 den Buren-Aufstand gegen die Briten an (rechts).

Nic und Daphne Strydom (links) verlassen den Justizpalast in Pretoria. Gerade ist ihr Sohn Barend Strydom zum Tode verurteilt worden, weil er im Amoklauf sieben Schwarze erschossen hatte. Ein Urteil, das vor weniger Zeit in Südafrika noch undenkbar gewesen wäre.

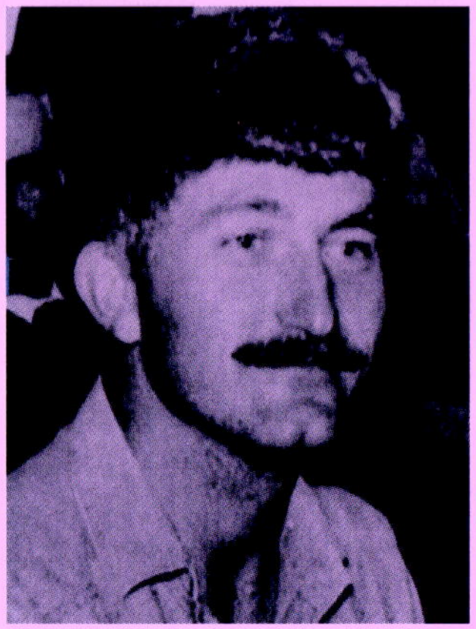

Todesstrafe für den fanatischen Buren Barend Strydom.

Ermordeten einen Schwarzen: Polizist Leon de Villiers...

...und Patrick Goosen wurden ebenfalls zum Tode verurteilt.

Hilfe zur Selbsthilfe bietet der ehemalige Sozialarbeiter Hermann Bailey von der „Rural Foundation" in Stellenbosch den Dorfgemeinschaften auf dem Land.

Anders als bei den Menschen ist es in den Wildparks fast friedlich: Löwen

. . . und Nashörner lassen sich von Touristen im Mala-Mala-Reservat bestaunen.

Der Schwarze Kontinent, wie man ihn von Postkarten her kennt: Die so selten gewordenen Nashörner — hier an der „Mabula Lodge“ — auf Futtersuche.

NAMENSREGISTER

Ein drohender Elefant bei „Harry's Hut": Hunderttausende von Touristen sind in den Reservaten Jahr für Jahr von der Begegnung mit wilden Tieren fasziniert.

Eine der scheuen Hyänen an einer der Wasserstellen des Sabie-Reservates, eines der privaten Gehege in Nachbarschaft des staatlichen Krüger-Nationalparks.

Im südafrikanischen Krüger-Nationalpark, in den privaten großen Tier-Reservaten, etwa dem Mala-Mala-Land oder dem Sabie-Sabie-Park – doch auch in Namibia: Die Giraffen sind immer noch mit die auffälligsten Tiere im Süden Afrikas. Mit diesem Foto warb sogar die namibische Verwaltung um Touristen.